조선남자
朝鮮男子
-천능의 주인-

조선남자 2권

초판1쇄 펴냄 | 2019년 11월 28일

지은이 | K.석우
발행인 | 성열관

펴낸곳 | 어울림 출판사
출판등록 / 2009년 1월 23일 제 2015-000062호
주소 / 경기도 고양시 일산동구 무궁화로 43-55, 801호 (장항동, 성우사카르타워)
TEL / 031-919-0122
FAX / 031-919-0127
E-mail / 5ullim@hanmail.net

Copyright ⓒ2019 K.석우
값 8,000원

ISBN 978-89-992-6192-3 (04810)
ISBN 978-89-992-6190-9 (SET)

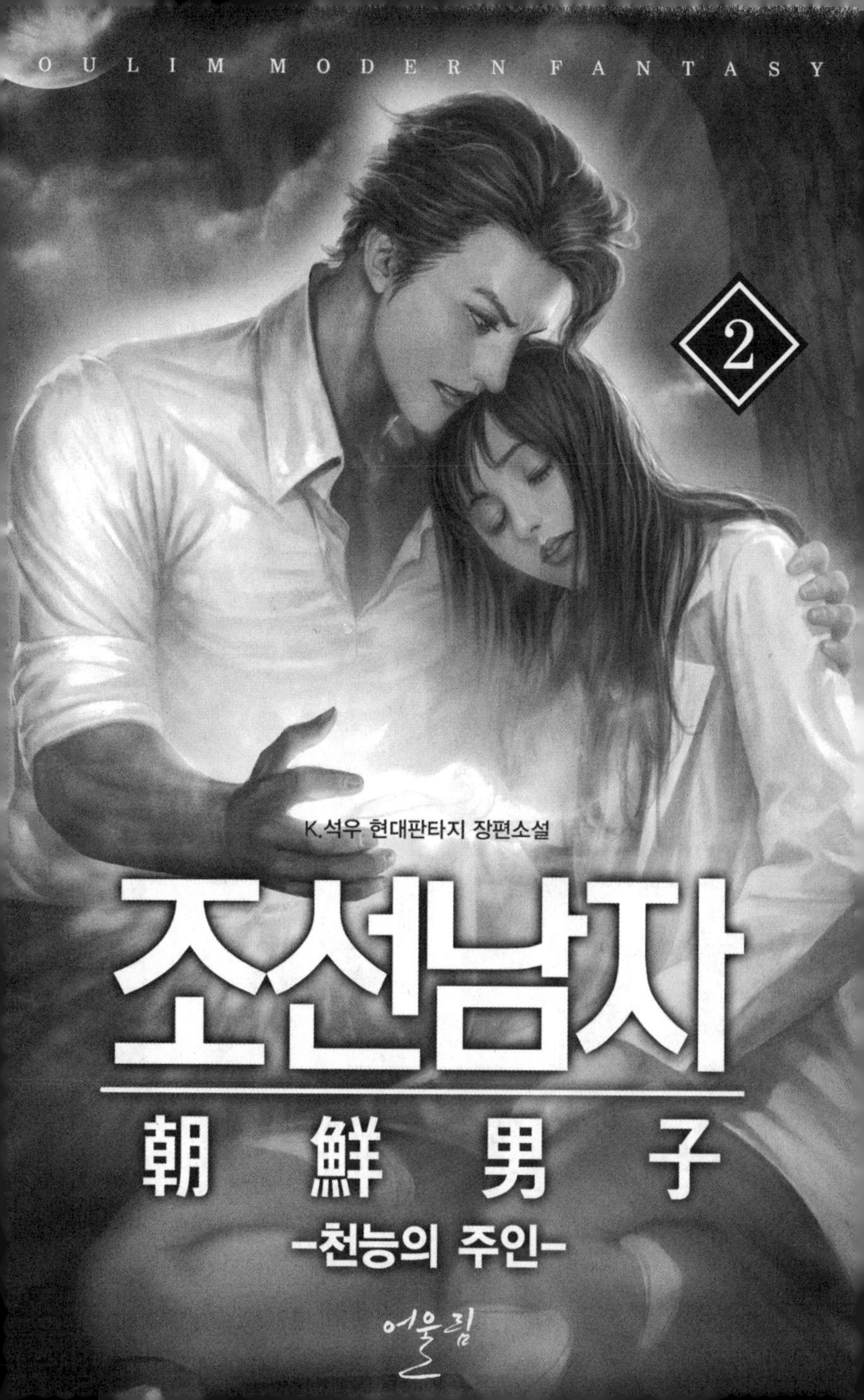
OULIM MODERN FANTASY
2
K.석우 현대판타지 장편소설
조선남자
朝鮮男子
-천능의 주인-
어울림

조선남자

朝鮮男子

-천능의 주인-

목차

필독

　본문에 등장하는 의학용어는 가급적 현재 의학용어에 맞게 사용할 예정입니다.
　다만 의료상황이나 응급상황을 묘사함은 현실의 의료상황이나 응급상황과는 다른 작가의 작품구성 상 필요에 의해 창작되었음을 알려드립니다.
　또한 본문에서 언급하는 지역과 인간관계, 범죄행위, 법과 현 시대의 묘사는 현실과 관계없는 허구임을 밝힙니다.

조선남자

朝鮮男子

-천능의 주인-

처음 만난 세상

쏴아아아아아아—

오후부터 시작된 비는 그야말로 하늘이 뚫린 듯 장대비로 쏟아져 내리고 있었다.

온몸이 흠뻑 젖은 채로 오정박의 입구에 서 있던 김동하의 얼굴이 굳어졌다.

정신을 잃은 채 긴 머리칼을 늘어트리고 젊은 사내의 등에 업혀 있는 여인의 얼굴에서 한순간 죽음의 기운을 읽은 것이다.

여자를 업은 사내는 무척이나 다급해 보였고, 얼굴에는 두려운 표정이 가득했다.

사내의 등에 업힌 여자의 다리를 타고 시뻘건 선혈이 흘러내렸다.

정신을 잃은 창백한 여자의 입에서 들릴 듯 말 듯한 신음소리가 희미하게 들려왔지만, 쏟아지는 빗소리로 인해서 여자의 신음소리를 제대로 들을 수 있는 사람은 김동하밖에 없었다.

김동하의 눈빛이 가라앉았다.

이대로 그냥 여자를 내버려 둔다면, 여자는 불과 10분도 버티지 못할 것이다.

이미 여자의 얼굴에는 죽음의 그늘이 덮이고 있었다.

서둘러 나간 최태영과의 술값 계산을 마치고 막 계단을 내려오던 세영대학 병원의 인턴 유상태는 오정박의 입구에 서 있는 선배 최태영과 김동하, 그리고 여자를 업고 있는 사내를 보며 놀란 듯이 눈을 껌벅였다.

"어? 뭡니까, 선배님?"

유상태가 놀란 듯이 얼굴을 굳히며 다가왔다.

사내가 김동하와 최태영을 보며 울먹이는 목소리로 입을 열었다.

"제발 택시 좀 잡아주세요……!"

정신을 잃은 여자가 등에서 흘러내리려는 것을 사내가 다시 추켜서 업었다.

등에 업힌 여자의 머리칼이 출렁이며 창백한 여자의 얼

굴이 다시 드러났다.

김동하의 입술이 살짝 깨물리고 있었다.

시간을 지체하면 여자의 목숨이 위태롭다는 것을 직감한 김동하였다.

최태영이 이마를 찌푸렸다.

"119에 연락하시는 것이 좋을 것 같은데……."

최태영은 괜한 이유로 술집에서 싸운 것으로 보이는 남녀사이에 끼어들 생각은 추호도 없었다.

또한 번거로운 것을 싫어하는 성격의 최태영이다.

자신의 눈으로 보아도 사내의 등에 업힌 여자의 상태는 위중해 보였다.

더구나 정신을 잃은 여자의 다리를 타고 피가 흘러내리는 것으로 보아 abortion(유산)증후가 보이고 있었다.

이런 상황에서 환자와 연관되는 것은 괜한 골칫거리를 부담하는 것과 같았다.

그때 유상태가 다가왔다.

"선배! 지금 이게 무슨 일입니까?"

최태영이 힐끗 유상태를 보며 입을 열었다.

"몰라, 여자가 다친 모양인데……."

유상태의 눈이 커졌다.

"저거 피 아닙니까?"

유상태의 눈이 여인의 다리를 타고 흘러내리는 시뻘건

피를 발견했다.

그러고 보니 사내가 여자를 업고 걸어 나온 오정박의 입구와 계단에 여인의 다리에서 흘러내린 피가 선명하게 떨어져 있었다.

김동하가 굳은 얼굴로 여자를 업고 있는 사내를 보며 입을 열었다.

"이 여인의 몸에 사문(死門)이 열리고 있습니다. 시간을 지체하면 큰 낭패를 면치 못할 것이니 당장 여인의 몸을 이리로 내려놓으십시오."

사람의 몸에서 사문이 열린다는 것은 생명을 잃어가고 있다는 것을 의미하는 말이다.

김동하는 여자의 명이 위급하다는 것을 단숨에 알아차렸다.

사내가 하얗게 질린 얼굴로 김동하를 바라보았다.

김동하는 사내의 등에 업힌 여자의 얼굴을 잠시 바라보다가 전신을 훑었다.

여인의 몸에서 전혀 활기가 느껴지지 않았다.

김동하의 표정이 굳어졌다.

"여인의 중극(中極)이 심하게 다쳐 수도(水道)가 막혔소. 보아하니 여인의 복중에 태아가 있는 듯한데, 잠시라도 지체를 한다면 태아까지 위험할 수 있소. 촌각이 아까우니 당장 여인을 이리로 내려놓으시오."

김동하가 오정박의 입구에 손님들이 잠시 담배를 피거나 쉴 수 있도록 만들어 놓은 긴 나무의자를 가리켰다.

김동하의 말에 사내가 입을 살짝 벌렸다.

최태영과 유상태도 놀란 얼굴로 김동하를 바라보았다.

거지도 입을 것 같지 않은 어울리지 않는 유치한 핑크색 트레이닝복을 걸친 거지 차림의 사내가 눈으로 보기만 했을 뿐인 여자의 상태를 알아낸다는 것이 놀랍기만 했다.

더구나 최태영과 유상태도 잘 모르는 한방 용어를 사용하고 있었기에 두 눈을 껌벅이며 김동하를 바라보았다.

최태영이 이마를 찌푸렸다.

"아니, 거지주제에 뭘 안다고 나서는 거요? 어디서 돌팔이 한의사가 하는 말을 주워들었는지 모르지만 혈 자리 풍월 몇 개 읊는다고 당신이 의사나 되는 줄 알아?"

최태영이 김동하를 쏘아보았다.

비에 흠딱 젖은 포메라니안을 안고 서 있는 김동하는 어디를 보아도 입성이 괴괴한 거지와 같은 모습이었다.

그런 김동하가 여인을 진료한다는 것은 그야말로 두고 볼 수 없는 일이었다.

최태영이 여인을 업고 있는 사내를 보며 입을 열었다.

"상황을 보아하니 빨리 병원으로 가야 할 것 같습니다. 여기서는 택시를 잡기가 곤란하고, 또 이런 빗속에서 택시 잡기는 힘이 들것 같으니 그냥 119를 불러서 도움을 청하는 것이 좋을 겁니다.”

김동하는 사내가 원하는 택시를 잡는다는 말이 무슨 뜻인지 알지 못했다.

더구나 이 빗속에서 무언가를 잡는다는 것은 몸이 날랜 김동하도 제법 힘든 일이었다.

하지만 그것도 사내가 원하는 택시라는 것이 무엇인지 알아야 잡을 수 있을 것이었기에 약간 마음이 답답해졌다.

울먹이는 사내에게 택시가 뭔지 물어보기도 난감한 일이었다.

김동하가 최태영을 힐끗 바라보다가 이내 사내에게 시선을 돌렸다.

“무슨 일인지 모르나 업고 있는 처자를 이곳에 내려놓으십시오. 상태가 무척 위험합니다.”

김동하가 다시 긴 의자를 손으로 가리켰다.

그 모습을 본 최태영이 끼어들려고 했다가 이내 어금니를 깨물었다.

여인을 업은 사내가 어쩔 수 없다는 듯이 여인을 업고 빗속으로 걸어 나갔다.

순식간에 굵은 빗방울이 사내와 여인을 흠뻑 젖게 만들었다.

정신을 잃은 여인을 업고 사내가 도로로 나섰지만 도로에는 그 많던 차들도 잘 보이지 않았다.

더구나 이런 식으로 여인을 업고 차를 세운다면 아무리 택시라도 기겁을 하고 피할 몰골이었다.

사내가 안절부절 하다 다시 오정박의 입구로 돌아왔다.

그때 오정박의 내부에서도 입구의 상황이 이상하게 느껴진 것인지 몇 명의 종업원 복장을 걸친 사람들이 나왔다가 바닥에 떨어진 피를 보고 급하게 안으로 들어갔다.

여인을 업은 사내가 울먹였다.

"119좀 불러주세요, 제발요!"

사내가 자신의 등에 업힌 여인을 향해 머리를 돌리며 입을 열었다.

"선하야! 정신차려봐. 응?"

사내의 목소리에는 울음기가 가득했다.

그때였다.

"시발놈! 자기가 처먹은 술값도 안내고 튀어 나가더니 여기 있었네?"

오정박의 안쪽에서 비대한 체구의 사내 4명이 천천히 걸어 나왔다.

앞쪽에 선 회색빛 양복에 검은색 와이셔츠를 걸친 사내가 오정박의 입구에서 벌어지고 있는 상황을 힐끗 바라보며 이마를 찌푸렸다.

사내들의 뒤로 오정박의 종업원들이 힐끗거리자, 사내의 일행 중 한명이 오정박의 종업원들을 향해 윽박질렀다.

"야! 아무 일도 아니야. 우리 일행이니까 신경 쓰지 마, 알겠냐??"

사내들의 일행 중 한명이 오정박의 종업원들에게 눈을 부라렸다.

오정박의 종업원들은 사내들의 일행들을 잘 알고 있는 모양인지 눈을 꿈벅이며 급하게 다시 오정박의 안으로 모습을 감추었다.

앞쪽에 선 비대한 체구의 사내가 건들거리며 다가왔다.

사내의 뱀같은 눈이 여자를 업은 채 좀 전에 맞은 비로 흠뻑 젖은 사내를 보며 비아냥거렸다.

"그러니까 여자는 왜 달고 와? 혼자오라고 했잖아 이 자식아!"

사내의 왼팔 안쪽에 손목에 채울 수 있는 작은 끈이 달린 가죽가방이 끼워져 있었다.

건들거리는 사내의 목과 손에 금빛의 굵은 목걸이와 팔찌가 불빛에 번들거리고 있었다.

여자를 업은 사내가 사내를 올려다보았다.

"그렇다고 내 약혼녀에게 이렇게 폭행을 하는 것은 심하지 않습니까? 이 사람 지금 임신중이란 말입니다!"

사내의 말에 비대한 체구의 사내가 웃었다.

"임신? 구라 틀고 있네. 그런 거 난 몰라. 이 자식아! 그리고 난 깐족거리는 것을 싫어한다고 했지? 네 약혼녀라

는 저년이 뒈질려고 내 앞에서 종알거리는 것을 그냥 내가 참을 거라고 생각했냐? 그 자리에서 안 뒈진 것만도 다행이라고 생각해 이 새끼야. 그리고 그거 한 대 맞고 죽진 않을 거니까 호들갑 떨지 마. 성질나면 너도 쥐 패버릴 테니까 잔소리 말고 빨랑 돈이나 갚아."

말을 마친 사내가 힐끗 뒤를 바라보며 입을 열었다.

"야! 담배 한대 줘봐."

사내의 말에 동료인듯한 다른 사내가 재빨리 사내의 손가락에 담배를 끼워 놓았다.

사내가 담배를 입으로 가져가자 공손하게 라이터의 불도 댕겨준다.

길게 담배연기를 한 모금 빨아들인 비대한 체격의 사내가 힐끗 사내의 등에 업힌 여자의 다리에서 흘러내리는 피를 보며 이마를 찌푸렸다.

"시발! 재수없게 비 오는 날 피를 다보네."

여자를 업은 사내가 이를 악물었다.

"신고할 거요. 내 약혼녀가 잘못되면 당신들을 절대로 용서하지 않을 거야!"

사내의 말에 앞장선 비대한 체구의 사내가 웃으면서 입을 열었다.

"신고? 응, 해. 못하면 넌 내손에 죽을 거여. 대신 남은 잔금 1,300만원하고 이자까지 몽땅 갚고 신고해. 니가 신고한다고 하면 내가 쫄 것 같았냐? 이 새끼가 아직도 정신을 못 차렸네? 확!"

비대한 체격의 사내가 다시 손을 들어 올리자 여인을 업은 사내의 몸이 움칠했다.

그의 행동으로 보아 예전에도 비대한 체격의 사내에게 손찌검을 당한 경험이 있는 듯 했다.

하지만 이내 비대한 채구의 사내를 노려보았다.

예전에는 그냥 당했지만 오늘은 자신의 약혼녀가 당했다는 것을 견딜 수가 없었던 것이었다.

여인을 엎은 사내가 비대한 체구의 사내를 바라보며 어금니를 깨물었다.

"원금 300만원에 지금까지 내가 갚은 돈만 1,000만원이 넘소. 그거면 원금에 이자까지 충분할 건데 또 돈을 달라고요?"

말을 하던 사내의 눈에서 눈물이 흘렀다.

아무런 반항조차 하지 못하고 이렇게 당하는 자신이 비참하다는 생각이 들었기 때문이었다.

비대한 체구의 사내가 빈정거렸다.

"이 새끼가 귀찮게 했던 말 또 하게 만드네? 돈 빌릴 때는 좋았지? 내가 돈 빌려줄 때 기한 내에 갚지 못하면 이자가 늘어날 거라고 말했잖아? 기억 안나? 대가리가 새대가리야? 엉?"

그때 오정박의 안에서 두 명의 남녀가 식사를 마친 것인지 걸어 나오다 입구의 상황을 보고 기겁을 하고 안으로 다시 들어갔다.

비대한 체구의 사내 동료로 보이는 사내가 두 남녀의 뒤를 따라 안으로 들어갔다가 금방 나왔다. 신고하지 말라고 으름장을 놓은 것이었다.

입구의 험악한 분위기는 평범한 사람이 보면 기겁을 할 정도로 위압적인 느낌이었다.

더구나 억수처럼 비가 쏟아지고 있는 상황에서 입구를 막은 네 명의 사내들과 마주치는 것은 생각만 해도 끔찍할 것이었다.

여자를 업은 사내의 얼굴이 일그러졌다.

"돈을 갚기 위해 사무실로 찾아갔을 때 부산에 있다고 하지 않았습니까? 내가 일부러 갚지 않은 것이 아니지 않습니까!"

"그럼 니가 부산까지 날 찾아와서 갚았어야지. 빌려준 사람이 받으러 다녀야 하나? 너 돈 갚을 때까지 내가 내 일도 하지 못하고 기다려야 해?"

"계좌로 입금한다고 해도 계좌번호까지 안 줬잖습니까!"

사내는 억울한 듯 비대한 체구의 사내를 노려보았다.

비대한 체구의 사내가 웃었다.

"응, 난 은행하고 거래 안 해. 그래서 계좌 같은 거 없어. 난 오직 현금만 좋아하거든? 그때 너한테도 내가 현금으로 딱 줬잖아? 우린 정확한 것을 좋아해서……."

그때였다.

"이분이 위급합니다."

곁에서 보고 있던 김동하는 여인의 목숨이 무척 위험한 상황에 놓였다는 것을 직감했다.

사내의 얼굴이 굳어졌다.

그러고 보니 등에 업고 있는 여인의 몸이 축 늘어지고 있다는 것이 느껴졌다.

"서, 선하야!"

등에 업힌 여인을 돌아보는 사내의 목소리는 젖어 있었다.

최태영과 유상태도 사내의 등에 업힌 여인의 얼굴에서 점점 생기가 빠져 나가는 것을 볼 수 있었다.

말 그대로 생명이 위급한 상황이었다.

당장 병원으로 옮긴다고 해도 여인의 생명을 구할 수 있을지 장담할 수 없는 상황이었다.

유상태가 놀란 표정으로 눈을 껌벅이다 자신도 모르게 사내의 등에 업힌 여자의 손목을 잡았다.

인턴이지만 자신도 모르게 의사로서의 반응이 나온 것이었다.

여자의 팔목에서 바이탈을 체크하던 유상태가 최태영을 바라보며 굳은 얼굴로 입을 열었다.

"hb(heart beat—심박동)가 잡히지 않습니다. 이거 위험한데요? 더구나 좀 전에 비를 맞아 체온도 떨어지고 있는 것 같고… 아무래도 자궁내의 낭종이 파열되고 태아도 유산된 것 같은데요?"

유상태의 말에 최태영의 얼굴이 굳어졌다.

유상태의 진단은 자신의 예측과 같았기 때문이었다.

오정박에서 방금 나온 비대한 체구의 사내가 유상태와 최태영을 보며 얼굴을 찌푸렸다.

"뭐야, 느그들 의사야?"

유상태와 최태영이 서로 얼굴을 바라보았다.

유상태가 입을 열었다.

"그렇습니다. 우리는 의사들……."

유상태가 말하려던 순간 최태영이 끼어들었다.

"아! 아닙니다."

유상태의 말을 막은 최태영의 얼굴이 하얗게 질려 있었다.

눈앞의 보기만 해도 답답해 보일 정도의 비대한 체격을 가진 사내들은 절대로 좋은 사람들이 아니라는 것은 지금의 상황이 아니라고 해도 한눈에 알 수 있었다.

비대한 체격의 사내가 눈썹을 곤두세웠다.

"그럼 뭔데 끼어들어? 너그들도 이 새끼랑 일행이여?"

비대한 체격의 사내가 여자를 업고 있는 사내를 턱으로 가리켰다.

최태영이 다급하게 말했다.

"아, 아닙니다."

"그럼 꺼져! 이 새끼들아!"

사내가 이를 갈 듯이 나직하게 으름장을 놓았다.

최태영이 유상태의 손을 잡았다.

"야! 가자."

그때 여인을 업고 있던 사내가 유상태의 팔을 잡았다.

"의, 의사이시면 우리 선하 좀 살려주십시오. 제발!"

사내는 자신의 등에 업힌 약혼녀의 상태를 보며 바로 진단을 내리는 것을 보고 두 사람이 의사임을 단번에 직감했다.

사내의 말에 유상태가 머뭇거리자 최태영이 힘껏 유상태의 팔을 잡아 당겼다.

"가자! 우리가 끼어들 일이 아니야."

"아니, 선배님!"

"시끄러. 그냥 가자고."

최태영이 유상태를 끌고 잡아 당겼다.

유상태가 당황한 얼굴로 뒤를 힐끗 거리다 최태영의 손에 이끌려 입구를 빠져 나갔다.

두 사람이 억수처럼 퍼붓고 있는 빗속으로 튕겨지듯 빠져 나가는 것을 본 비대한 체격의 사내가 피식 웃었다.

한편 사내의 등에 업힌 여인의 얼굴은 이제 백지장처럼 창백하게 변해가고 있었고, 동시에 그녀의 몸에서 생기도 빠르게 빠져 나갔다.

잠시 지켜보던 김동하가 낮게 한숨을 불어냈다.

자신이 떠나왔던 시절에는 길가는 나그네라고 해도 목숨이 위험하면 이유나 신분을 따지지 않고 목숨부터 구해주는 것을 당연하게 여겼다.

더구나 의원이라면 의당 사람의 생명을 최우선으로 생각해야 하는 것이 상식이었다.

하지만 이곳에서는 사람이 죽어가는 중에도 그 누구도 생명을 구하려 하지 않는다는 것이 너무나 실망스러웠다.

천천히 죽어가고 있는 여인을 업고 있는 사내가 울고 있었다.

그때 김동하가 품에 안긴 포메라니안을 바닥에 내려놓고 사내의 등에 업힌 여인을 가만히 안아들었다.

"이분을 살리려면 이리 주시오."

나직하게 말하는 김동하의 얼굴은 담담해 보였다.

사내가 눈물 젖은 눈으로 김동하를 바라보았다.

비대한 체구의 사내가 그런 김동하를 보며 눈을 껌벅였다.

"뭐여? 이건 또 뭐여?"

비대한 체구의 사내가 김동하를 노려보았다.

하지만 김동하는 아랑곳 하지 않고 그대로 사내의 등에서 안아 올린 여인을 옆쪽의 긴 의자 위에 올려놓았다.

여자의 가슴은 미동도 하지 않았다.

김동하가 잠시 여인을 바라보다가 입을 열었다.

"무엇인지 모르지만 여인의 중극에 큰 충격이 있었던 것 같군요. 수도가 막히고 관원과 기해가 닫혔습니다. 이것은 이 여인이 죽은 것과 같은 의미라고 할 수 있습니다."

그때 앞에선 비대한 사내의 동료인 듯한 사내 한명이 김동하가 뉘여 놓은 여자의 얼굴을 조심스레 살피더니 앞쪽의 비대한 체구의 사내에게 귓속말로 속삭였다.

"덕배 형님! 아무래도 저자식과 함께 온 여자가 이상합니다. 정말로 죽은 것 같은데요?"

"뭐?"

덕배라 불린 비대한 체구의 사내가 놀란 표정을 지었다.

그의 눈에 살짝 두려워하는 표정이 떠올랐다.

단순 폭행과 폭행 치사는 그 죄의 무게감이 다르다는 것을 그도 너무나 잘 알고 있었다.

"시벌 재수없게……."

덕배라 불린 사내의 입에서 나직하게 투덜거리는 소리가 들렸다.

사내가 데려온 여자가 자신의 약혼자가 빌린 사채의 이자와 원금을 따지는 소리에 화가 나 잠시 겁을 주기 위해서 배를 발로 걷어찬 것이 여자의 생명을 빼앗은 격이 되었다.

"이거 어떻게 하지?"

"일단 튀어야죠, 형님!"

"시발, 그만 빨아낼 것을… 조금 더 욕심 부리다가 이게 뭐냐?"

장덕배는 자신에게 사채를 빌려 쓴 사내로부터 뜯어낼 수 있을 만큼 최대한으로 뜯어낼 욕심을 부린 것을 후회하고 있었다.

"일단 여기를 떠나야 됩니다. 이거 누가 신고라도 하면 골치 아파집니다."

"끙…! 알았다."

장덕배가 머리를 끄덕였다.

한편 여자를 긴 의자에 뉘인 김동하는 여자의 손목을 잡고 잠시 진맥을 했다.

실낱처럼 가녀린 맥박이 끊어질 듯 가까스로 이어지고 있었다.

다행이 아직은 맥이 붙어 있는 것이 느껴지고 있었기에 가슴속으로 살짝 안도의 한숨이 흘렀다.

김동하의 눈에 힘없이 늘어진 여자의 손을 잡고 울고 있는 사내의 모습이 들어왔다.

"어찌된 일인지 물어도 되겠소?"

사내가 울면서 대답했다.

"배를 걷어차였습니다. 제 약혼녀는 임신을 하고 있었는데……."

김동하의 얼굴이 살짝 굳어졌다.

"배를 걷어찼다고 했소? 임신한 이 여인의 배를?"

"예! 제발 살려주십시오. 부탁드립니다……."

김동하의 미간이 좁혀졌다.

"누가 사람의 생명을 이처럼 가볍게 여긴단 말이오? 보아하니 이 여인의 복중에 태아가 있다는 것은 맹인의 눈으로 보아도 알 수도 있을 정도였는데 그런 이 여인의 몸 가운데 위치한 중극에 이렇게 발길질을 하다니요! 복중에 태아가 있는 여인을 이렇게 만든다는 것은 고의적으로 이 여인과 아기를 해치려고 한 것과 같습니다."

사내가 정신을 잃은 여자의 손목을 잡고 눈물을 흘렸다.

"모두 제 잘못입니다. 저를 따라오려는 것을 따라오지 못하게 말렸어야 했는데……."

임성현은 자신 때문에 약혼녀의 목숨을 위험하게 만들었다는 것을 절절히 후회하고 있었다.

사채업자가 계속 사채의 이자를 갚으라고 재촉하는 것을 약혼녀에게 털어놓은 것이 지금의 상황을 만들었다.

그때였다.

약혼녀의 손을 잡고 울고 있는 사내의 곁을 스치던 장덕배가 사내를 내려다보며 입을 열었다.

"어이! 임성현씨. 그러게 재수없게 내 앞에서 여자가 건방지게 따지고 들게 만들었냐? 어쨌든 오늘은 내가 미안하게 되었으니까 나머지 빚은 없던 것으로 해 줄게. 됐지? 얼른 약혼녀 델꼬 병원이나 가봐라."

장덕배가 말하면서 힐끗 김동하를 바라보았다.

김동하의 맑은 시선이 장덕배를 바라보고 있었다.

장덕배의 미간이 좁혀졌다.

"뭐여? 왜 쳐다봐? 나한테 불만 있냐? 근데……."

장덕배가 그제야 깨달은 것인지 김동하의 아래위를 훑어보았다.

한눈에 보아도 우스꽝스런 몰골이었다.

짧고 어울리지도 않은 핑크색 트레이닝복을 걸치고 신발조차 신지 않은 채 긴 머리칼이 흠뻑 젖은 거지꼴인 김동하였다.

김동하가 내려놓은 포메라니안이 김동하의 발 앞에서 꼬리를 흔들며 김동하를 올려다보고 있었다.

"뭐야, 그러고 보니 꼴이 완전히 거지같은데?"

힐끗 김동하를 쏘아본 장덕배가 입을 열었다.

"너 거지냐? 노숙자여?"

거지꼴의 사내가 자신을 빤히 바라보고 있는 것이 마음에 거슬리는 장덕배였다.

"시발! 재수가 없을라니까 별게 다……."

장덕배가 김동하를 보며 이마를 찌푸렸다.

장덕배가 뒤를 돌아보며 입을 열었다.

"야! 뭐하냐? 이 거지새끼 치워라. 썩은 냄새가 날 것 같다. 니미럴!"

"예! 형님."

사내 한명이 그대로 김동하의 앞으로 다가왔다.

위압스런 얼굴과 걸음걸이였다.

그때 김동하의 발아래 앉아 있던 포메라니안이 장덕배의 위압적인 모습에 짧게 짖었다.

자신의 생명을 구해준 김동하가 멧돼지 같은 사내들에게 위협을 당하고 있다고 판단한 것이었다.

"캉! 캉!"

포메라니안의 짖음 소리는 제법 날카롭고 뾰족한 느낌이었다.

막 머리를 돌리던 장덕배가 이마를 찌푸리며 김동하의 발아래 앉아 있는 포메라니안을 쏘아보았다.

"이런 개새끼가 누굴 보고 짖어?"

장덕배가 김동하의 발아래 앉은 포메라니안을 향해 발을 들어올렸다.

자신을 향해 짖는 개를 그냥 둘 장덕배가 아니었다.

또한 선천적으로 동물을 싫어하는 장덕배다.

단번에 포메라니안을 후려 찰 심산이었기에 발에 잔뜩 힘이 들어가 있었다.

곰의 발 같은 장덕배의 발길질에 조그만 체구의 강아지인 포메라니안이 맞는다면, 숨이 끊어질 것이었다.

그가 단번에 포메라니안을 후려 찰 듯이 우악스런 발을 들어 올리는 순간, 김동하가 장덕배의 앞으로 다가섰다.

비가 폭우처럼 내리고 있는 상황이었기에 거리엔 인적이 뜸했고, 오정박의 안에서도 더 이상 밖으로 손님이 나오지 않고 있는 상황이었다.

가게 안쪽에서 입구 쪽을 힐끗 거리고 있는 몇 명의 얼굴들만 보이고 있었다.

하지만 나오지도 않고 말릴 엄두도 내지 못하고 있는 모습이었다.

김동하가 장덕배의 얼굴을 잠시 바라보다가 입을 열었다.

"성정이 폭급하고 잔인하여 사람의 목숨을 해치는 것을 어렵지 않게 생각하는 분이군요? 기질이 탁하고 손속에 온유함이 없으니, 그야말로 저자의 왈패나 파락호라고 해도 틀리지 않을 것입니다."

장덕배가 눈을 껌벅이다가 김동하를 바라보며 눈을 치켜

떴다.

"이 거지새끼가 뭐라고 하는 거냐?"

김동하가 차분하게 입을 열었다.

"그대로 인해 선량한 여인과 복중의 아이가 천명을 누리지 못할 뻔하였습니다. 만약 이곳에 제가 없었다면 저기 누워있는 여인과 복중의 아이는 안타깝게 이대로 이승을 떠나야 했을 것입니다. 하여 하늘이 그대에게 주신 천명의 일부를 회수하여 그대로 인해 사문에 들었던 저 여인과 태아에게 나누어 주도록 할 것입니다. 위안이 되지는 않겠지만 부디 그대의 남은 인생만은 온전히 선의로 공덕을 쌓아 그나마 남은 천수를 편히 누리기를 권합니다."

김동하의 입에서 흘러나오는 말은 너무나 잔잔한 말투였다.

하지만 만약 지금의 김동하를 김동하의 사부와 사숙인 해원스님과 해인스님이 보았다면 무척 놀랄 것이었다.

김동하가 천공불진을 열기 전에 인왕산의 암자에서 수련할 때, 산에서 직접 호랑이와 마주친 일이 있었다.

당시 해인사숙이 전수해준 해동무를 수련하고 있던 김동하는 그 수련의 깊이가 절정에 달하던 무렵이었다.

김동하와 마주친 호랑이는 인가로 내려와 밭일을 하던 농부 두 명을 비롯해 궁성의 담장을 넘어 궁녀 세 명을 해친 호랑이였다.

호랑이가 궁성의 담장을 넘은 것으로 인해 도성이 발칵 뒤집어졌고, 왕실에서 직접 식인 호랑이의 척살을 명했다.

그로 인해 금부의 관군이 출동하였고, 출동한 관군이 가까스로 사람을 해친 호랑이를 포위했지만, 인혈과 인육에 맛을 들인 포악한 호랑이를 척살하는 것은 쉽지 않았다.

오히려 자신을 잡기 위해 출동한 관군 등 십여 명의 생명을 더 해치고 산으로 달아났던 식인호였고, 한번 인육의 맛을 본 뒤 사람이라면 자신의 먹이감으로 생각하고 있었던, 말 그대로 살인귀였다.

그 때문에 사람을 보아도 겁을 내지 않았고, 오히려 마주친 사람들이 오금이 오그라들어서 한 발짝도 걷지 못할 정도로 두려운 존재였다.

살인을 한 호랑이의 눈에서 귀신불이 떨어진다고 해서 귀호라고 불렸던 호랑이는 당시 도성에서 우는 아이도 울음을 그치게 만들 정도로 두려운 존재였다.

날이 어두워지면 도성의 저잣거리에 사람의 인적이 드물었고, 주막이나 객사에도 날이 어두워지면 아예 장사를 접고 문을 닫아 걸을 정도였다.

도성의 저잣거리를 순라 하는 순검이나 관군들도 한 무리씩 짝을 이루어 다닐 정도로 극심한 악명을 떨쳤다.

그런 호랑이와 마주친 김동하는 너무나 차분하게 호랑이

를 대했다.

몸에 천명의 권능을 가지고 있었기에 함부로 생명을 해치지 않았던 김동하였지만, 자신과 마주친 식인호에 당한 사람들의 시신은 천명으로도 되살리지 못할 정도로 갈기갈기 찢겨 있었기에 천명을 사용할 생각을 하지 않았다.

식인호에 당한 사람들의 시신은 말 그대로 온전한 시신이 없었다.

천명으로 살릴 수 있는 것은 시신이 온전할 때만 가능했지만, 인간의 내장이 통째로 사라지거나 팔다리가 붙어 있지 않고 갈기갈기 찢어진 것은 아무리 김동하의 천명이 하늘의 권능을 대신한다고 해도 통하지 않을 정도로 참혹했다.

그 때문에 김동하도 사람을 해친 식인호는 그대로 둘 수가 없었던 것이었다.

비록 말 못하는 짐승이고, 인간의 지각과 비교할 수 없는 짐승만의 본능으로만 움직이는 미물이라고 해도 사람을 해친 이상 살려둘 수는 없는 일이었다.

식인호로서는 김동하와 마주친 것이 살귀로서의 운명이 끝나는 날이었다.

그날 김동하는 단숨에 식인호의 명줄을 끊어 놓았다.

실제로 그 식인호와 마주친 김동하를 본 해원스님과 해인스님은 평소의 김동하와 다른 모습을 보고 무척 놀랐었다.

김동하가 사람의 피 맛을 익힌 식인호를 단숨에 후려쳐

서 숨통을 끊어놓는 것을 보며 단순하게 김동하가 착하고 여린 심성만을 가지고 있지만 않다는 것을 알게 된 계기였다.

그리고 그들이 지금의 김동하의 모습을 본다면, 예전 식인호와 마주쳤을 때의 모습과 닮아 있다는 것을 직감할 것이었다.

김동하가 장덕배의 얼굴을 가만히 바라보며 입을 열었다.

"그대의 천명에서 스무해를 가져가야 할 것 같습니다. 아마 남은 것은 불과 10년도 되지 않을 것이니 그것을 소중하게 쓰도록 하십시오."

장덕배의 미간이 좁혀졌다.

"이 거지새끼가 자꾸 뭐라고 하는 거야?"

장덕배의 말에 김동하를 밀어내려 계단을 내려왔던 장덕배 무리 중 한 사내가 그대로 김동하의 얼굴에 주먹을 휘둘렀다.

"이 거지새끼가 말이 더럽게 많네. 형님이 시끄럽다고 하는 말 못 들었어?!"

패액—

묵직한 주먹질이었다.

건장한 사람이라고 해도 제대로 한 대 맞으면 나가떨어질 정도로 매섭고 힘이 실려 있는 주먹질이었다.

하지만 김동하는 그냥 머리만 젖히는 것으로 사내의 주먹을 피했다.

정신을 잃은 약혼녀의 손을 잡고 있던 임성현이 놀란 듯 김동하를 바라보았다.

자신 때문에 아무런 연관이 없는 김동하가 고리사채업을 하는 패거리들에게 엉뚱하게 봉변을 당할 것이라 생각했다.

비록 옷은 거지라고 해도 틀리지 않을 정도로 남루하게 입었고, 맨발에 우산도 없이 이 빗속을 걸어 다닐 정도로 거처가 불분명 하고, 괴팍하게 머리까지 길어서 허리춤까지 늘어진 사람이었지만 말투나 행동이 차분하고 예의가 느껴지는 사람이었다.

얼굴을 가린 머리칼로 인해서 나이조차 불분명했지만, 적어도 한때는 지금의 모습은 아니었을 것으로 짐작할 수 있는 사람이었다.

그런 사람이 한순간에 자신으로 인해 봉변을 당하고 있다는 것이 안타깝기만 했다.

임성현은 김동하가 하는 말을 단 한마디도 이해하지 못했다.

다만 자신의 약혼녀와 약혼녀의 복중에 자라고 있는 태아가 위험하다는 것만 알아들을 수 있었다.

한편 김동하를 후려친 사내는 김동하가 너무나 가뿐하게 자신의 손을 피하는 것을 보며 놀란 듯 눈을 부릅떴다.

한주먹거리도 되지 않을 것 같은 거지가 제법 몸놀림이 빠르다는 생각이 들었다.

그때 장덕배가 소리쳤다.

"지랄하네. 춘수 너 지금 장난 하냐? 그 거지새끼 하나 똑바로 처리 못해? 빨랑 여기서 떠야 할 것 아냐, 시발! 지금 경찰 올 때 까지 기다리자는 거냐?"

춘수라 불린 사내가 장덕배를 바라보았다.

"알겠습니다, 형님!"

말을 하던 김춘수가 다시 김동하를 향해 머리를 돌렸다. 이번에는 단숨에 김동하의 머리통을 부숴버릴 참이었다. 머리를 돌리던 김춘수의 얼굴이 굳어졌다. 바로 자신의 코앞에 김동하가 서 있었던 것이었다.

비에 젖어서 얼굴에 찰싹 들러붙어 있는 머리칼 사이로 보이는 김동하의 눈이 너무나 잔잔하다는 느낌이 들었다.

"…엇?"

자신도 모르게 한걸음 물러서는 김춘수였다.

김동하가 나직하게 입을 열었다.

"그대 역시 저자와 같으나 그 정도가 약하니 그대의 천명도 일부분 회수해야 할 것 같군요."

말을 하던 김동하가 그대로 김춘수의 이마를 손으로 짚었다. 순간 김동하의 손에 이마를 짚인 김춘수는 자신의 몸속에 저릿한 전기가 흐르는 느낌이 들었다.

동시에 손가락 하나 움직이지 못했다.

마치 무언가 보이지 않는 그물이 자신의 몸을 칭칭 감고 있는 것 같았다.

그때였다. 김춘수는 자신의 온몸에 채워진 기운이 머리를 통해 외부로 빠져 나가는 느낌이 들었다.

순식간에 그의 다리가 후덜거렸다.

그것은 엄청난 박탈감을 동시에 안겨주었다.

견딜 수가 없을 정도로 온몸에서 힘이 빠져 나가고 있었고, 마치 자신의 몸에서 모든 내장이 뽑혀져 나가는듯한 충격을 느끼게 만들었다.

"아아……."

김춘수의 입에서 너무나 두려워하는 신음소리가 흘렀다. 몸의 기운이 한순간에 빠져 나가는 박탈감은 직접 느껴보지 않았던 사람은 그 충격을 실감하지 못할 것이었다. 손가락 하나 움직일 수가 없었다.

"어어어어……."

김춘수의 입에서 침이 흘렀다.

동시에 그의 눈에서 눈물이 흐르기 시작했다.

그 모습을 지켜보고 있던 장덕배가 이마를 찌푸렸다.

"춘수 저 새끼가 지금 장난치고 있는 거냐? 거지새끼랑 뭣 하는 짓이야? 시발!"

이를 악문 장덕배가 김춘수의 이마를 잡고 있는 김동하

에게 성큼 걸어왔다. 김동하가 김춘수의 이마를 손으로 짚은 것은 불과 10초도 걸리지 않는 시간이었다.

하지만 그 짧은 10초라는 시간은 김춘수에겐 영원히 끝나지 않을 시간처럼 느껴졌었다.

김동하가 김춘수의 이마에서 손을 뗐다.

순간 김춘수가 마치 허물어지듯 바닥으로 주저앉았다.

당장에 서 있을 힘조차 없었고, 자세를 가다듬을 힘조차 남아 있지 않았다. 김춘수는 태어나서 난생 처음으로 탈진이라는 것을 경험했다. 그의 바지가 축축하게 젖었다. 뇨의를 견딜힘조차 남아 있지 않았던 것이었기에, 저절로 방광이 열려 오줌이 쏟아지고 있는 것이었다.

장덕배가 바닥으로 쓰러지는 김춘수를 보며 혀를 찼다.

"내가 이런 새끼를 데리고 일을 하니 이렇게 재수가 없는……."

장덕배가 말을 하며 김동하의 앞으로 다가서는 순간, 김동하의 손이 장덕배의 이마에 올라왔다.

막으려고 했지만 막을 수가 없었다.

천천히 다가오는 손길이지만 장덕배는 어찌된 일인지 전혀 김동하의 손을 피할 수 없었다.

"이 거지새끼가……."

장덕배가 이를 악무는 순간 좀 전에 김춘수가 느낀 그 몸서리쳐지는 박탈감이 시작됐다.

"어, 어어어……."

마치 온몸의 피가 이마를 통해 빠져 나가는 것처럼 느껴졌다. 장덕배의 이마를 손으로 짚은 김동하가 장덕배의 치켜뜬 눈을 담담한 눈빛으로 바라보며 입을 열었다.

"여기 바닥에 쓰러진 자에게는 10년의 천명을 회수하였지만 당신은 20년의 천명을 회수할 것입니다. 20년의 천수를 회수하면 그대에게 남은 천명은 10년 정도일 것입니다. 부디 남은 천명은 제대로 쓰시기를 바랍니다."

스스스스스스—

자신의 이마를 통해 힘이 빠져 나가는 것을 느낀 장덕배의 얼굴이 하얗게 질려갔다. 그 역시 전혀 몸을 움직이지 못했다. 마치 자신이 일부러 김동하의 손에 이마를 붙이고 있는 느낌이었다.

더구나 김천수와는 달리 20년의 천명이 빠져 나가는 순간 느껴지는 그 허탈감은 너무나 고통스러웠다.

"흐ㅇㅇㅇㅇ……."

질질—

장덕배의 벌어진 입에서 침이 흘러내리고 있었다.

입을 다물지도 못했고, 눈을 감을 수도 없었다.

온몸의 관절이 자신의 의지와는 상관없이 마치 목각인형처럼 흐느적거리는 느낌이었다.

장덕배의 눈에서도 눈물이 흘렀다.

20년의 기력이 한꺼번에 빠져 나가는 것은 장덕배에겐 잔인할 정도의 허탈감을 안겨주었다.

장덕배가 선채로 오줌을 싸고 있었다. 동시에 뒤쪽의 항문도 열려서 냄새나는 오물이 그대로 흘러나오고 있었다. 한순간에 장덕배의 엉덩이 쪽에서 누런 물기가 번져 나왔다. 하지만 김동하의 표정은 너무나 담담했다.

뒤쪽에서 지켜보던 장덕배의 동생들이 놀란 표정으로 소리쳤다.

"형님! 뭐하는 겁니까?"

"형님!"

남은 두 명의 사내들은 장덕배가 선채로 오줌을 싸고, 똥까지 싸는 것을 보며 눈을 치켜떴다. 김동하는 단숨에 장덕배로부터 20년의 천명을 회수했다.

한순간에 자신의 몸에서 20년의 생명이 빠져 나가자 장덕배의 몸이 바닥으로 허물어졌다.

덜덜덜―

장덕배의 몸이 학질에 걸린 듯 떨리고 있었다.

두툼해서 살집으로 터져 나갈 것 같았던 그의 몸집이 쪼그라들었고, 늘 허리의 벨트 마지막 칸에 채워졌던 그의 뱃살이 눈에 띄게 줄어들었다. 그것을 증명하듯 그가 쏟아낸 오줌과 똥으로 범벅된 바지가 아래로 흘러내렸다.

그뿐만 아니었다. 두툼했던 장덕배의 얼굴이 해쓱해 졌

고, 비대한 살집으로 인해 볼 수 없었던 주름이 그의 얼굴에 만들어졌다. 또한 머리칼의 일부가 하얗게 변했다.

단숨에 20년이 늙어버린 것이다.

장덕배의 동생들로 보이는 남은 두 명의 사내들이 놀란 얼굴로 김동하를 바라보았다. 하지만 이내 김동하의 발 앞에 마치 걸레짝처럼 늘어진 장덕배를 향해 달려왔다.

"형님!"

"덕배 형님!"

두 사내가 다급하게 장덕배의 이름을 불렀지만 장덕배는 대답할 기운조차 남아 있지 않았다. 한순간에 20년의 생명이 사라진 상실감은 장덕배의 그 오만한 눈빛마저 생기를 잃은 썩은 생선의 눈빛처럼 흐리멍덩하게 만들었다.

"어어어어……."

온몸을 떨며 기괴한 신음을 흘리는 장덕배의 눈에서 쉬지 않고 눈물이 흘러내렸다.

너무나 소름끼치는 무력감이었다.

지금의 장덕배는 세 살짜리 어린아이라고 해도 이길 수 없을 정도로 격렬한 무력감과 박탈감에 잠겨들었다.

뒤늦게 달려든 사내들이 김동하를 보며 이를 악물었다.

"너 이 거지새끼 우리 형님한테 무슨 짓을 한 거야?!"

"이 망할 새끼가……."

두 사내가 김동하를 보며 달려들었다.

김동하가 성큼 그들의 앞으로 양손을 내밀었다. 두 명의 사내들이 놀란 듯이 흠칫 뒤로 물러서려다 몸이 굳어졌다. 어느새 그들의 이마도 김동하의 손에 잡혀든 것이었다. 장덕배와 그들의 친구인 김춘수가 김동하에 의해서 천명을 회수당한 시간은 불과 30초도 걸리지 않았다.

김동하가 자신의 양손에 이마를 잡힌 두 명의 사내들을 잠시 바라보았다.

"그대들 역시 10년의 천수를 회수할 것입니다."

이내 두 사람 역시 먼저 쓰러진 김춘수와 장덕배의 모습으로 변했다. 다행인 것은 장덕배처럼 항문이 열려서 똥을 흘려내지는 않았다.

네 사람에게서 모두 50년의 천명을 회수한 김동하가 오정박의 입구 나무의자에 누워있는 임성현의 약혼녀에게 다가갔다.

바닥에 쓰러진 장덕배의 패거리를 향해서는 두 번 다시 시선조차 던지지 않는 김동하의 모습에 임성현이 놀란 듯 김동하를 바라보았다. 그 무서웠던 사채업자 장덕배의 패거리들을 한순간에 모조리 바닥에 드러눕게 만든 김동하였다.

임성현이 주춤 물러섰다. 김동하가 나무의자에 누워있는 임성현의 약혼녀인 조선하를 내려다보았다.

김동하의 손이 조선하의 손목을 살며시 잡았다. 끊어질

듯 희미하게 이어지고 있는 맥동이었지만 이미 사망했다고 해도 좋을 정도로 생명의 기운이 사라지고 있는 상황이었다. 김동하가 임성현을 보며 머리를 돌렸다.

"잠시 등을 돌려주시겠습니까?"

"예?"

임성현이 놀란 듯이 눈을 동그랗게 떴다.

눈물과 비에 젖은 그의 몰골이 처연하게 보였다.

김동하가 임성현을 보며 입을 열었다.

"그대의 약혼녀에게 생기를 돌려줄 것입니다. 태아와 그대의 약혼녀인 이 여인도 모두 무사할 것이니 염려하지 않으셔도 될 것입니다."

김동하의 말에 임성현이 놀란 듯이 물었다.

"우, 우리 선하가 살 수 있습니까?"

끄덕—

김동하가 머리를 끄덕였다.

"예."

"아아, 감사합니다!!"

그때였다. 그동안 장덕배의 패거리들의 위압적인 모습에 밖으로 나오지 못했던 오정박의 손님들과 오정박의 종업원들이 급하게 달려 나왔다. 임성현이 밖으로 뛰어나오는 오정박의 손님들을 향해 머리를 돌렸다.

그 순간 김동하는 자신의 입에서 천명을 뱉어냈다.

장덕배의 패거리들로부터 회수한 천명의 기운이었다.

그것을 살며시 조선하의 입으로 가져갔다.

한순간에 조선하의 입으로 김동하의 입에서 뱉어낸 천명의 기운이 흡수되어 사라지고 있었다. 불과 몇 초도 걸리지 않은 너무나 한순간에 벌어진 일이었다. 조선하의 입에 천명을 불어넣어준 김동하가 몸을 일으켰다.

"이, 이게 어찌된 것입니까?!"

오정박의 안에서 달려 나온 종업원이 급하게 소리쳤다.

뒤이어 다른 사람들도 달려 나와 바닥에 쓰러져 침을 흘리고 있는 장덕배의 패거리들을 바라봤다.

일부 여자들은 장덕배가 똥을 쏟아낸 것을 보며 코를 틀어막고 머리를 돌렸다. 너무나 징그럽고 더러웠기 때문이다. 임성현이 놀란 듯 사람들을 바라보다가 이내 머리를 돌려 다시 김동하를 보았다.

순간 그의 눈이 커졌다.

"엇?"

김동하가 없어진 것이다.

오정박의 입구 쪽에 놓인 나무의자에 자신의 약혼녀 조선하만이 조용히 눈을 감고 누워있었다.

조선하는 마치 곤한 잠을 자는 듯 평온한 얼굴이었다.

임성현의 눈이 껌벅였다. 그때 누군가 물었다.

"조금 전까지 이곳에 있었던 그 사람 어디로 갔어요?"

"그 거지꼴을 했던 사람이 이 사람들을 이렇게 만든 거예요?"

"허, 그 참……."

"이게 뭐야? 똥에 오줌에… 더러워 죽겠네."

"쯧… 무슨 일을 당했기에 똥에 오줌을 다 지려?"

임성현의 귀로 사람들의 중얼거리는 소리가 들려왔다.

그때 오정박의 입구 쪽 나무의자에 누워있던 조선하가 눈을 반짝 떴다.

"음……?"

조선하는 곤한 잠을 자는 자신의 귓전에서 누군가 떠든다는 느낌에 눈을 떴다. 낯선 천장이 보이고 자신의 몸이 흠뻑 젖어 있다는 느낌이 들었다.

그녀의 눈에 약혼자인 임성현의 모습이 들어왔다.

"자, 자기야!"

순간 임성현은 자신도 모르게 왈칵 눈물을 쏟아냈다.

"선하야, 괜찮아? 정말 괜찮은 거야?"

조선하가 자신의 몸을 내려다보면서 이마를 찌푸렸다.

"내가 왜 이런 모습이야? 내가 왜 젖었어?"

"기억 안나니?"

"뭐가?"

조선하가 눈을 깜박이다가 이내 두 눈을 부릅떴다.

"마, 맞아. 그 덩치 큰 남자한테 배를 맞았는데……."

조선하가 자신의 배를 재빨리 만졌다.

볼록하게 나온 그녀의 배는 이상이 없었다.

배를 맞을 때는 창자가 끊어질 듯이 아팠고, 한순간에 정신까지 잃었는데 지금은 아무런 통증도 없고 배도 편한 느낌이었다. 약혼녀의 무사한 모습을 확인한 임성현이 눈을 질끈 감았다.

임성현이 오정박의 앞으로 튀어나갔다. 엄청나게 비가 쏟아지고 있었지만, 자신의 약혼녀를 살려준 너무나 신비로운 느낌의 그 거지는 어디에도 보이지 않았다.

임성현은 한동안 오정박의 입구에 서서 쏟아지는 비를 맞았다. 온몸이 젖었지만 약혼녀를 살려준 김동하에 대한 고마움을 몇 번이고 그의 가슴에 새겨 넣었다.

애애애애애앵—

빗속을 뚫고 멀리서 경찰의 사이렌 소리가 울렸다. 동시에 푸르고 붉은 경찰차의 경광등 불빛이 폭우 속에서 비쳐 보였다. 임성현이 다시 오정박의 안쪽으로 돌아왔다. 나무의자에는 이제 조선하가 일어서서 앉아 있었다.

그녀로서는 자신이 죽었다가 살아났다는 것을 꿈에도 알지 못하고 있었다. 다만 멧돼지 같이 비대하고 우악스런 남자에게 배가 걷어차인 후, 길고 깊은 잠에 빠져 들었다가 깨어난 느낌만 들었을 뿐이다.

조선남자

朝鮮男子

-천능의 주인-

흔적

비가 그친 하늘은 무척이나 맑았다.

오랜 시간동안 쌓인 먼지를 걷어낸 듯 거리는 반짝이고 있었고, 도로 역시 깨끗한 느낌이 들었다.

다만 비가 그친 후 한여름의 더위가 시작되려는 듯 무더운 열기가 아침부터 지열을 피워 올렸다.

예전에는 돈의문으로 불렸던 서대문 앞쪽의 거리에 한명의 남루한 남자가 거리 한쪽에 우두커니 서 있었다.

사내의 품에는 작은 강아지 한 마리가 안겨 있었고, 긴 머리칼은 남자의 등으로 늘어져 무척이나 지저분하게 보였다. 신발을 신지 않은 맨발은 땟자국이 선명했고, 입고 있는 옷차림도 마치 거리의 부랑자처럼 지저분한 모습이었다. 김동하는 자신이 알고 있던 돈의문의 모습이 변한 것과 그가 기억하고 있던 고향의 모습과 너무나 다르게 변한 거리를 보며 만감이 교차하고 있었다.

자신과 동생이 멱을 감고 어머니가 빨래를 하던 감천의 흔적조차 사라졌다. 자신의 집이 있었던 것으로 기억하던 곳에는 회색빛의 거대한 빌딩이 하늘을 찌를 듯 솟아올라 있었고, 좁은 골목길로 기억하던 길은 넓은 대로가 만들어져 있었다. 집이 위치했던 자리까지 가보려고 해도 사방이 막히고 건물로 채워져 있어 그곳을 찾는 것도 불가능했다. 경기감영이 위치했던 자리는 역시 그 흔적이 사라지고 거대한 건물들이 올려져 있었다.

"이미 500년이라는 세월이 지났으니 흔적이 남아 있을 리가 없을 것을……."

낮게 중얼거리는 김동하의 눈에 살짝 아픈 기색이 떠올랐다. 이제 그의 부모님과 동생의 흔적은 이 세상 어디에도 남아 있지 않다는 것을 너무나 아프게 절감하고 있었다. 김동하의 품에 안긴 포메라니안이 김동하의 얼굴을 올려다보고 있었다. 김동하가 포메라니안을 내려다보며 나직하게 중얼거렸다.

"이제 나에게 너밖에는 아무도 없구나."

"끼잉~"

포메라니안이 김동하의 얼굴을 올려다보며 머리를 김동하의 팔에 비볐다. 김동하가 포메라니안의 털을 가만히 쓰다듬었다. 포메라니안은 이미 자신의 생명을 구해준 김동하를 자신의 주인으로 생각하고 있었고, 김동하의 곁에서 절대로 떨어질 생각도 하지 않았다.

길가에 서 있는 김동하의 주변을 지나던 사람들은 너무나 추레한 김동하의 모습을 보며 질겁한 얼굴로 몇 걸음 떨어져서 몸을 피한 채 스쳐갔다. 김동하의 가까이 가면 마치 병균이라도 옮을 것 같은 표정들이었다.

하지만 정작 김동하는 아무렇지 않았다.

마치 세상에 전혀 관심이 없는 사람처럼 보였다.

잠시 서대문 일대를 바라보던 김동하가 몸을 돌렸다.

500년 전의 흔적을 찾아서 이곳을 돌아보는 것이 부질없다는 것을 이미 깨달았기 때문이다. 발걸음을 옮기는 김동하의 머리 위로 뜨거운 오전의 햇살이 내리쬐고 있었다.

"이게 남아 있으니 정말 꿈은 아닌 것 같은데……."

한서영은 자신의 손에 들린 불진의 손잡이를 만지며 눈을 깜박이고 있었다. 그렇게 자신의 집을 떠난 귀신같은 남자는 두번 다시 그녀의 집에 돌아오지 않았다. 그것은 마치 한서영에게 나쁜 악몽을 꾼 것 같은 기억으로 남았다. 4일 동안의 인턴 근무를 마치고 집으로 돌아간 한서영은 본의 아니게 밤새도록 잠을 이루지 못했다.

혹시 자신이 잠들었을 때 그 귀신(?) 같은 사내가 다시 자신의 집으로 돌아올까 두려웠기 때문이었다.

하지만 시간이 지날수록 자신이 본 것이 허상이 아닌지 의심이 들었고, 결국 밤새 한숨도 이루지 못한 채 병원으로 돌아와 자신의 책상에 보관하고 있던 불진을 확인하고서야 그것이 꿈이 아니었다는 것을 다시 한번 실감했다.

그때 방안으로 두 명의 남자가 들어섰다. 한서영이 고개를 돌리자 늘 자신을 괴롭히는 레지던트 최태영과 자신과 같은 인턴 동기인 유상태의 얼굴이 보였다. 최태영은 한서영이 방안에 앉아 있자 눈을 반짝거리며 물었다.

"보고서 정리했어?"

어젯밤 응급실 담당 의사의 진료기록을 정리한 것을 말하는 것이었다.

한서영이 자신의 책상 위를 손으로 가리켰다.

"여기 있네요."

최태영이 못마땅한 얼굴로 이마를 찌푸렸다. 트집 잡을 것을 찾지 못한 얼굴이다. 그때 유상태가 입을 열었다.

"선배님! 어제 그 거지 아무래도 이상하지 않아요?"

"뭐가?"

최태영이 흥미 없다는 얼굴로 유상태를 바라보았다. 의사로서 창피한 생각이 들었던 것은 어제가 처음이었다.

자신의 입으로 자신이 의사가 아니라는 것을 누군가에게 말했다는 것이 견딜 수 없는 자괴감으로 느껴졌던 최태영이었다. 유상태가 머리를 갸웃거렸다.

"옷차림은 완전히 거지인데 한의학에서 말하는 혈 자리와 그 여자 환자의 상태를 단번에 알아차린 것이 신기하던데요."

"시끄러."

최태영이 어제의 기억을 지우려는 듯이 머리를 흔들었다. 한서영이 두 사람을 바라보았다.

하지만 유상태는 말을 그칠 생각이 없었다.

"어제 선배님과 내가 본 그 여자는 그곳에서 이미 죽었던 것으로 보였는데 오늘 아침 뉴스를 보니 젊은 임산부가 죽었다는 뉴스는 나오지 않던데요? 혹시 그 거지가 치료를 했을까요? 그 거지가 그랬잖습니까? 여자를 업고 있던 사람에게 당장 여자를 나무 의자에 눕히라고요. 그것은 그 거지가 자신이 치료를 하겠다는 의도지 않습니까?"

유상태는 어제 오정박에서 잠시 젊은 임산부의 상태를 검진해 본 결과 상당히 위독해 보였고, 그 자리에서 즉시 치료를 했다 해도 절대로 살아날 수 없을 정도로 심각한 상태라고 확신했었다.

그 때문에 오늘 아침에 오정박에서 젊은 임산부의 사망이라는 뉴스가 나올 것이라고 생각하고 뉴스를 지켜보았지만, 임산부의 사망 소식은 전혀 나오지 않았다.

더구나 어제의 상황을 잠시 지켜본 이후 임산부를 그렇게 만든 존재가 그 사람 같지도 않던 드럼통 같은 사내가 임산부를 그렇게 만든 것이라고 생각하고 있었기에, 사건과 사고소식을 전하는 뉴스에 그들의 소식이 들어 있을 것이라고 생각했다.

하지만 전혀 그런 소식은 들려오지 않았다. 그것은 그 젊은 임산부 여인이 무사하다는 것을 의미했다.

그래서 여인의 상태를 정확하게 진단한 거지 남자가 하혈을 하고 정신을 잃고 있던 그 젊은 임산부를 살려낸 것일지도 모른다는 생각이 들었다.

유상태가 머리를 갸웃했다.

"세상에 그런 꼴을 하고 돌아다니는 거지는 처음 보았습니다. 근데 무슨 이유인지는 모르지만 거지라는 생각이 들지는 않던데요?"

최태영이 한서영이 정리한 응급진료 보고서를 눈으로 살피며 입을 열었다.

"어디 가서 어제 일은 뻥긋도 하지 마라. 그리고 세상의 모든 거지는 다 이상한거야. 사람이 그런 꼴로 살려면 다 이상한 일을 겪어야 그런 꼴이 되니까."

유상태가 이를 드러내며 웃었다.

"나도 그런 거지는 처음이었습니다. 맞지도 않은 트레이

닝복을 입고 머리 꼴은 산발한 귀신처럼 늘어트리고 다니 다니… 큭! 그리고 핑크빛 트레이닝복은 정말 가관 이었 습니다, 하하!"

유상태의 말에 한쪽 귀로 듣고 있던 한서영의 얼굴이 굳 어졌다.

"방금 뭐라고 했어?"

한서영이 급하게 유상태를 바라보며 눈을 치켜떴다.

유상태가 힐끗 한서영을 돌아보았다. 유상태의 눈이 껌 벅였다. 한서영이 다급하게 물었다.

"방금 핑크빛 트레이닝복이라고 했어?"

유상태가 눈을 껌벅이며 대답했다.

"응, 근데 그게 왜…….''

유상태는 어제 같은 자리에 있지도 않았던 한서영이 자 신과 선배인 최태영이 보았던 거지에 관심을 가지는 것을 이상하게 생각했다. 한서영이 다급하게 물었다.

"혹시 키가 크고 머리칼이 길게 늘어진 사람이었어?"

유상태가 눈을 껌벅였다.

"서영이 네가 그것을 어떻게 알아?"

한서영이 작성한 응급진료 검진 보고서를 보고 있던 최 태영이 머리를 들어 한서영을 바라보았다.

"네가 그걸 왜 궁금해 해?"

한서영은 최태영에게 시선도 돌리지 않고 입을 열었다.

"바른대로 말해줘. 핑크빛 트레이닝복에 키가 크고, 옷은 잘 맞지 않고, 머리는 허리보다 더 길게 늘어진 남자였지?"

유상태가 머리를 끄덕였다.

"응, 어제 최 선배님이랑 사직동에 있는 오정박이라는 술집에서 술 한잔 마시고 나오는 길에 이상한 거지를 봤어. 그 거지의 옷차림이 서영이 네가 말한 그 모습이었는데……."

한서영이 눈을 치켜떴다. 사직동이면 인왕산과 지척인 곳이었다. 한서영의 얼굴이 굳어졌다.

"그… 사람이 그곳에 있었다고?"

"응, 비에 흠뻑 젖어 오정박으로 들어가려고 하는 것 같던데… 아마 오정박에서도 그런 거지는 안 받아 줬을 거야. 근데 서영이 니가 그 거지를 어떻게 알아? 너도 전에 본적이 있는 사람이야?"

한서영이 중얼거렸다.

"그 핑크색 트레이닝복, 내가 준거야. 내 옷이었어."

"뭐?"

유상태의 얼굴이 굳어졌다. 최태영도 한서영의 보고서를 보다가 놀란 얼굴로 한서영을 바라보았다. 최태영이 물었다.

"그 거지를 아나?"

한서영이 최태영을 바라보았다.

"우리 집에……."

한서영은 최태영에게 김동하가 자신의 집 욕실에 귀신처럼 나타났다는 것을 말하려다 머리를 흔들었다.

"아니에요."

최태영이 다시 물었다.

"아는 사람이 아니라고?"

유상태도 물었다.

"아는 사람이 아냐? 방금 서영이 네가 트레이닝복을 줬다고 했잖아?"

한서영이 잠시 입술을 꼭 깨물었다. 유상태의 말이 사실이라면 어제 유상태와 최태영이 본 사람은 김동하가 확실하다고 생각했다.

하지만 그것을 털어놓을 수는 없었다.

누구라도 믿을 수 없는 일이었고, 바른대로 털어놓는다고 하더라도 그 이야기를 듣는 순간 두 사람으로부터 자신이 이상한 사람으로 오해받기 딱 좋을 것이라는 걸 너무나 쉽게 짐작할 수 있었다.

더구나 아파트 21층에서 뛰어내려 사라졌다는 것을 설명하는 것은 한서영이라고 해도 황당하고 허무맹랑한 이야기라 생각 될 것은 너무나 당연했다.

한서영이 대답대신 유상태를 보며 입을 열었다.

"어제 상태 네가 본 그 거지가 무슨 말을 했어?"

"왜 그래?"

유상태가 놀란 듯이 한서영을 바라보았다.

최태영도 보고서를 내려놓고 한서영을 바라보았다.

"네가 그걸 왜 궁금해 해?"

한서영이 최태영의 말에는 대답하지 않고 유상태를 보며 입을 열었다.

"바른대로 말해줘. 그 남자가 뭐라고 했어?"

한서영이 거지를 거지라 말하지 않고 남자라고 말하는 것이 이상하게 느껴진 최태영이 한서영을 바라보았다.

"한서영 너, 그 거지 알고 있지?"

한서영이 입술을 깨물었다.

태어나서 어릴 때 외에는 엄마아빠에게도 공개하지 않았던 자신의 알몸을 본 남자가 바로 김동하였다.

그리고 산발을 하고 있을 때는 몰랐지만 자신의 집에서 머리칼을 걷어 올렸을 때 한서영으로서는 난생 처음으로 남자의 얼굴을 보고 감탄성이 터질 정도로 너무나 잘생긴 남자라는 느낌이 들었다.

다만 설렘보다는 두려움과 공포가 더 컸기에 제대로 실감을 하지 못했을 뿐이었다.

최태영이 한서영을 보며 나직하게 입을 열었다.

"너 그 거지랑 무슨 관계냐?"

한서영이 최태영을 바라보았다. 선배의 말에 순종하는 후배로서의 호락호락한 눈빛이 아니었고, 부담스러워 하는 눈빛도 아닌, 약간 경멸하는 듯한 시선이었다.

"무슨 뜻이에요?"

최태영이 이를 드러내고 웃었다.

"남자 보기를 돌같이 생각하는 한서영이 거지를 알고 있다니 놀랍군 그래. 이 세상 그 어떤 여자라고 해도 거지를 남자라고 말하는 여자는 없어. 거지는 거지일 뿐이지. 근데 좀 전에 네가 그 거지를 남자라고 말하는 게 이상하다는 생각이 들었어. 너 그 거지랑 무슨 관계냐?"

차갑고 약간은 비웃는 듯한 미소가 떠올라있는 최태영의 얼굴이었다. 한서영이 이마를 찌푸렸다.

"그것을 최 선배에게 설명을 해 줘야 할 이유가 없는 것 같은데요?"

"…뭐?"

"내가 그 남자랑 어떻게 알고 있는 사이인지 그걸 왜 선배에게 설명해 줘야 하는데요? 그리고 모습이 거지라고 해서 모두가 거지라고 생각하는 것은 틀렸어요. 그 사람은 거지가 아니란 말이에요."

아무것도 가지지 않고 자신의 앞에 알몸으로 나타난 사람이었다. 그야말로 완전히 알몸으로 자신의 앞에 나타났고, 남겨놓은 것은 좀 전까지 자신이 보고 있던 불진의 자루뿐이었다. 그 때문에 그 남자로서는 타인에게 거지꼴로 보일 것이 당연했다.

겨우 얻어간 것이 어울리지 않는 자신의 핑크빛 트레이닝복이었으니 그런 오해를 받아도 어쩔 수 없을 것이었다. 하지만 최태영으로부터 거지라는 말을 듣자 이유도 없이 대신 반박하고 싶었던 한서영이었다.

한서영은 더 이상 최태영에게 말대꾸를 하지 않고 유상태를 바라보았다.

"어제 무슨 일이 있었는지 나에게 말해줘."

한서영이 자신을 상대하지 않고 유상태를 향해 물어보자, 최태영이 이를 악물었다.

"한서영 너……."

한서영은 최태영이 화를 내거나 말거나 전혀 상관하지 않는다는 얼굴이었다. 유상태가 잠시 머뭇거렸다. 한서영의 이런 모습은 그로서도 처음 보는 모습이었기 때문이었다. 유상태가 머뭇거리며 물었다.

"서영이 너 그 거지, 아니, 그 남자는 어떻게 알아?"

한서영이 바로 대답했다.

"그게… 말로 설명하기는 좀 그렇지만 그럴 일이 있었어. 그 남자가 어제 무슨 말을 했는지나 말해 줘."

유상태가 힐끗 최태영을 보다가 입을 열었다.

"어제 최 선배님이랑 오정박이라는 술집에서 술을 마시

고 나오는데, 입구에 서영이 네가 말한 그 사람이 서 있었
어. 무척 남루해 보이는 모습이더라. 비가 억수처럼 쏟아
지는데 그냥 우산도 없이 내리는 비를 고스란히 다 맞았는
지 흠뻑 젖은 모습이었어. 근데 그 술집의 입구에서 좀 이
상한 일이 있었어."

말을 마친 유상태가 다시 최태영을 바라보았다.

한서영이 얼굴을 굳히며 되물었다.

"이상한 일?"

한서영의 물음에 유상태가 최태영의 눈치를 힐끗 살폈
다. 최태영이 한서영에게 어떤 마음을 가지고 있는 것인지
너무나 잘 알고 있는 유상태로서는 지금의 한서영의 반응
에 최태영이 어떤 태도를 보일 것인지 두려웠다.

최태영은 딱딱하게 굳은 얼굴로 한서영을 쏘아보고 있었
다. 자신을 상대하지 않고 있는 한서영이 얄밉고 괘씸한
표정이었지만, 지금 그가 한서영에게 할 수 있는 말은 없
었다.

더구나 한서영에 대해 자신이 계획하고 있었던 것들이
모두 빗나가고 있었고, 한서영이 자신의 생각대로 움직이
지 않자 머릿속이 복잡해지는 느낌이었다.

유상태는 최태영이 아무 말도 하지 않고 한서영을 바라
보고만 있자 다시 한서영에게 설명하기 시작했다.

"오정박의 입구에 정신을 잃은 여자를 업고 있는 어떤

남자가 함께 서 있었어. 아마 오정박의 가게 안에서 누군가에게 폭행을 당한 것 같더라. 상당량의 하혈을 하고 유산 징후가 보이는 응급환자였어. 내가 잠시 진맥을 해보니 임산부의 맥동이 거의 잡히지 않고 intrauterine death(자궁 내 태아사망)으로 보이는 긴급환자였지."

한서영이 눈을 치켜뜨고 유상태를 바라보았다.

유상태가 잠시 머뭇거리다 입을 열었다.

"시간을 지체할 수 없을 정도로 긴급하게 병원으로 옮겨야 하는 상황이었는데, 최선배와 내가 정작 그곳에서 할 수 있는 응급처리가 없을 정도였어. 시간이 경과하면 임산부와 태아까지 모두 위험한 상황이었는데… 그때 서영이 네가 말한 그 거지, 아니, 그 남자가 임산부의 상황을 보더니 뭐라고 하며 끼어들었어."

한서영이 빠르게 물었다.

"뭐라고 했는데?"

유상태가 잠시 자신의 머리를 긁었다.

"뭐라고 했더라? 한방에서 사용하는 용어였는데… 뭐, 대충 내가 기억하기로는 사문이 열렸고, 중극을 다쳐 수도가 막혔다고 하는 것 같더라. 한방 용어라서 나도 자세히는 기억하지 못해. 다만 시간을 지체하면 산모와 태아가 위험하다고 하면서 여자를 업고 있는 남자에게 여자를 그 가게 앞에 있던 나무의자에 내려놓으라고 하더라. 그 모습

을 보니 자신이 그 임산부를 치료하려는 것 같더라고… 모습은 거지꼴인데 치료를 하겠다고 나서는 것을 보고 최 선배와 내가 무척 놀랐지."

한서영은 입술을 잘근 깨물었다. 자신의 욕실에 나타난 김동하가 의술을 가지고 있을 거라곤 그녀도 생각하지 못했다. 한서영이 물었다.

"그 사람이 치료 하는 걸 봤어?"

유상태가 다시 힐끗 최태영의 표정을 살폈다.

최태영은 여전히 한서영을 쏘아보듯 바라보고 있었다.

유상태가 시선을 돌리며 입을 열었다.

"그 사람이 치료를 하는 건 본적이 없어. 다만 그 위급해 보이는 여자를 의자에 뉘이라고 말하는 것을 보고 그 사람이 치료를 할 것이라고 생각했지. 그때……."

유상태가 최태영의 얼굴을 다시 한번 바라보고 나서 한서영에게 입을 열었다.

"그때 그 임산부를 그렇게 만든 사람으로 보이는 사람들이 가게 안에서 나왔거든?"

"뭐?"

한서영의 표정이 다시 굳어졌다.

"좀 질이 좋지 않아 보이는 사람들이었어. 아무래도 깡패 같은 느낌이 드는 사람들이었지."

한서영의 눈이 깜박였다.

"그 사람들이 나오자 최 선배와 나는 그곳을 떠났어. 어제의 상황으로만 본다면 그 하혈을 하고 정신을 잃은 여자가 무척 위독한 상황이었기에 오정박의 일이 행여 뉴스에 나올 것 같아서 그 사람한테 관심을 가졌던 거야."

한서영이 물었다.

"그 트레이닝복을 입은 사람은 그 자리에 남아 있었던 거야?"

유상태가 머리를 끄덕였다.

"응, 최 선배와 내가 그곳을 떠날 때까지 그곳에 남아 있었어. 우리가 떠난 이후에는 어떻게 된 건지 모르지만, 여자를 그렇게 만든 사람들이 무척 위압적이었는데 아무래도 그 사람도 그곳을 떠날 수밖에 없었을 거야."

한서영이 머리를 갸웃했다.

"여자가 위독한 상황인데 그 사람이 치료를 하려 했다고?"

"그렇다니까? 겉보기와는 달리 한방 의학을 좀 알고 있는 느낌이 들더라."

한서영이 눈을 깜박였다. 그때 최태영이 끼어들었다.

"한서영, 너 그 거지랑 어떻게 아는 사이냐?"

한서영이 최태영을 바라보았다.

"내가 그걸 선배에게 설명할 이유가 없다고 했잖아요. 그리고 선배가 저의 사생활에 간섭하는 거 불쾌해요."

최태영의 미간이 좁혀졌다.

"뭐라고? 너 정말……!"

"교수님 회진 시간 다 되어가네요. 저는 회진 준비하러 갑니다."

차갑게 말한 한서영이 몸을 돌렸다.

순간 최태영의 얼굴이 일그러졌다. 그의 시선이 준비실의 문을 열고 나가는 한서영의 뒷모습을 쏘아보고 있었다. 차갑고 도도하다고 알려진 한서영의 진면목이 그대로 드러나는 순간이었다. 최태영이 이를 악물었다.

최태영의 눈치를 살피던 유상태가 재빨리 문을 열고 나가는 한서영의 뒤를 따랐다. 오전 회진 시간에 담당 교수의 회진을 수행하는 것은 인턴으로서 반드시 거쳐야 하는 임무였다. 회진 수행이 끝나면 그때부터 인턴으로서의 빡센 일과를 시작하게 되는 것이었다.

의사면허를 따긴 했지만, 인턴은 의사가 아닌 병원의 막일꾼과 같은 존재였다. 유상태가 앞에서 걸어가고 있는 한서영을 다급하게 불렀다.

"야! 한서영."

한서영은 유상태의 부름에 머리를 돌리지도 않았다.

그녀의 머릿속에는 온통 자신의 집 욕실에 나타나서 사라진 김동하에 대한 생각뿐이었다.

김동하가 그녀가 가르쳐 준 대로 아파트에서 뛰어내려

인왕산으로 돌아갔다는 것을 알았지만, 그가 그런 모습으로 최태영과 유상태를 만나게 되었을 것이라곤 상상하지도 못했다. 한서영의 미간이 좁혀졌다.

김동하가 두렵고 무서웠지만, 그를 그런 모습으로 자신의 아파트에서 내보낸 것이 마음에 걸렸다.

더구나 최태영과 유상태는 그를 거지로 생각하고 있다는 것이 참으로 마음에 걸렸다.

"…그 사람의 말이 진짜였을까?"

한서영이 김동하가 했던 말을 떠올렸다.

'돈의문 밖 충현에 살고 있는 어의 김정선의 장자 김동하라 하오.'

김동하가 자신에게 했던 말이었다.

한서영이 잠시 눈을 감았다가 떴다.

"어의라고 하는 것은 과거에 궁중에서 왕의 주치의를 말하는 것인데……."

한서영도 김동하가 말한 어의를 알고 있었다. 잠시 눈을 깜박이며 발걸음을 옮기던 한서영이 복도의 창을 바라보았다. 병원에서는 김동하가 돈의문이라 말하던 서대문이 보이지 않았다. 한서영은 잠시 창밖을 바라보다 다음 쉬는 날에는 을지로에 있는 아버지의 회사에 한번 들러야 할 것

같다는 생각을 했다. 아버지의 회사에서 서대문은 그렇게 멀지 않았기에 어쩌면 김동하를 다시 만날 수 있을지 모른다는 생각이 들었다. 그때 그녀의 뒤를 따라온 유상태가 한서영의 옆으로 다가섰다.

"야! 한서영, 넌 귀가 막혔냐? 왜 불러도 대답을 안 해?"

한서영이 머리를 돌렸다.

"왜?"

유상태가 약간 능글거리는 얼굴로 물었다.

"너 그 거지, 아니, 그 남자랑 무슨 관계냐?"

한서영이 피식 웃었다.

"그게 왜 궁금해?"

유상태가 빙글거리며 대답했다.

"너처럼 남자에게는 목석같은 돌팔이가 거지꼴을 한 남자에게는 관심이 있다는 것이 놀라워서 그래."

한서영이 물었다.

"너 천공불진이라는 말이 무슨 뜻인지 아니?"

"천공불진? 요즘 애들이 잘 쓰는 말을 줄여서 말하는 약어야?"

"병신……."

차갑게 말하는 한서영이 몸을 팩 돌렸다.

유상태가 그런 한서영의 뒤를 다시 바짝 따라 붙었다.

"천공불진이 뭐야?"

한서영이 앞을 보며 대답했다.

"나도 몰라."

유상태가 투덜거렸다.

"너도 모르면서 나한테 묻는 거였냐?"

한서영이 좀 더 발걸음을 빨리 옮겼다. 두 사람의 곁으로 세영 병원의 간호사들이 가볍게 목례를 하고 지나갔다. 유상태는 한서영이 말한 천공불진이 무슨 뜻인지 입속으로 되뇌고 있었다.

"천공불진? 천년을 공부하면 불만이 없는 진짜 의사가 된다… 뭐 그런 뜻인가?"

혼자서 중얼거리는 유상태의 말을 한쪽 귀로 들은 한서영이 소리 없이 웃었다. 한서영은 만약 다시 김동하를 만나게 되면 김동하가 말한 천공불진이 무슨 뜻인지 반드시 물어보리라 생각하고 있었다. 오전 회진을 시작하는 세영 병원의 새로운 날의 아침이 밝아오고 있었다.

기적에 관한 고찰

탁탁탁—

[회생.

—죽었다가 다시 살아남.

재생.

—죽은 후 다시 살아남.

기적.

—상식으로는 생각할 수 없는 믿을 수 없는 일.

—종교적 의미의 신이 행한 불가사의한 일.]

컴퓨터의 화면에서 자신이 알고 있는 단어들을 조합하며 검색하는 남자의 얼굴은 딱딱하게 굳어져 있었다.

은빛의 안경테 속에서 반짝이고 있는 두 눈은 무척이나 신중해 보였다.

그의 책상위에 올려진 명패가 창을 뚫고 들어온 아침햇살에 반짝이고 있었다.

[부장검사 윤경민]

검은색의 도료가 반짝이는 명패의 겉면에 너무나 선명하게 자개로 새겨진 글씨였다.

윤경민은 딸과 함께 인왕산의 정상에서 본 긴 머리칼의 괴인을 머릿속에서 지울 수가 없었다.

겉모습으로 보이는 몰골로 본다면 거지라고 해도 이상하지 않았고, 괴팍한 입성을 가진 도사라고 해도 별로 틀리지 않을 것 같았다.

하지만 그의 능력은 그야말로 윤경민의 머릿속을 온통 헤집어 놓았다.

분명히 죽었고, 수의사까지 사망했다고 안타까워했던 미키와 뽀삐였다.

더구나 미키는 이미 죽은 지 4일이나 지났고, 죽은 미키를 다시 파냈을 때 미키를 담아 묻었던 상자에서는 미키의

시체가 썩어가는 시취(屍臭)까지 났다.

그런 미키를 다시 살려냈다는 것은 아무리 생각해도 이해가 되지 않았다.

"정말 그 사람에게 기적을 만들어 내는 힘이 있었던 것인가?"

아내와 딸은 죽은 것이라고 생각했던 미키와 뽀삐가 다시 살아난 것 외에 그 남자가 어떤 능력을 가진 것인지 깊게 생각하지 않는 듯 했다.

세상에 그런 능력을 가진 존재가 있는 지 컴퓨터를 검색해 보아도 그 어디에도 이미 죽은 강아지를 다시 살리는 존재는 찾을 수가 없었다.

자신의 눈으로 보았지만 지금도 믿어지지 않는 그 괴팍한 남자의 능력이었다.

윤경민이 다시 이마를 좁히며 검색 창에 하나의 글을 입력했다.

탁탁탁.

[인왕산의 괴인]

검색 창에 글을 넣고 클릭을 했지만, 전혀 내용이 다른 이미지만 떠올랐다.

탁탁탁—

[인왕산 도사]

다시 글을 입력하고 검색을 해 보았지만, 자신이 본 사람과는 전혀 그 의미가 다른 사람들이 떠올랐다.

윤경민이 한숨을 불어냈다.

"후… 하긴 그런 존재가 이미 알려졌다면 뉴스에서도 난리가 났을 테지. 죽은 강아지를 살리는 능력이라면 그곳에서 그런 몰골로 지내지는 않았을 것이고……."

윤경민의 입에서 나직한 목소리가 흘렀다.

더구나 지금 자신이 검색하고 있는 내용이 얼마나 엉뚱하고 황당한 내용을 검색하고 있는 것인지 실소가 흘러나오고 있었다.

"이걸 믿어줄 사람이 있을까……?"

자신의 눈앞에서 죽은 뽀삐와 미키를 살려낸 사람이 있다고 한다면 누가 그것을 믿을 수 있을지 자신조차 황당해지는 느낌이었다.

그때였다.

똑똑—

문에서 노크 소리가 들림과 동시에 양복차림의 30대 남자가 들어섰다.

"부장님!"

안으로 들어선 사람은 자신의 후배검사인 장성영 검사

였다.

윤경민이 머리를 들어 장성영을 바라보았다.

"어! 어서 오게."

"재판자료 검토 중이었습니까?"

장성영은 윤경민 부장검사가 이번에 한일그룹이 보유한 그룹 지분의 토지를 위장 매각한 것을 담당하고 있다는 것을 알고 있었다.

윤경민이 피식 웃었다.

"왜? 좋은 정보가 있나?"

윤경민의 말에 장성영이 이를 드러내고 씨익 웃었다.

"이번에 한일그룹의 최 회장에게 출석 요구서를 보냈다면서요?"

"응."

윤경민이 머리를 끄덕였다.

장성영이 윤경민을 잠시 바라보다가 입을 열었다.

"한일그룹이 꽤 골치 아프게 생겼네요. 선배 같은 분이 담당검사로 사건을 배정받았다는 것을 알면 호락호락하지 않을 것이라고 생각할 텐데…….."

윤경민이 장성영을 보며 입을 열었다.

"하고 싶은 말이 뭐야?"

장성영이 윤경민을 빤히 바라보았다.

"오늘 밤에 시간 좀 있습니까?"

"왜?"

"왜긴 왜요? 선배랑 술 한잔 마시고 싶어서 그런 거지요, 하하!"

"술이야 한잔하자고 하면 되는 일이지 왜 시간을 물어보고 그래?"

윤경민이 약간 의심스런 표정으로 장성영을 바라보았다.

장성영이 싱긋 웃으며 입을 열었다.

"선배님에게 좀 좋은 일이 있을 거니까 시간을 물어본 것입니다."

"좋은 일?"

윤경민이 미간을 좁혔다.

장성영이 싱긋 웃으며 입을 열었다.

"오후 8시까지 다미원(多味園)으로 오십시오. 하하."

윤경민의 얼굴이 굳어졌다.

다미원은 서초동의 법원 가에서도 금기시 되는 곳 중 한 곳이었다.

정부의 관료나 경제계의 거물들이 자주 들리는 곳이었고, 그곳에서 한국의 밀실정치가 구상되는 곳이라고 알려졌다.

청와대의 부처 인사에 관한 소문과 정부 각부 장관의 입각에 대한 하마평도 제일 먼저 흘러나오는 곳이 바로 다미

원이라는 소문도 나돌 정도였다.

그 때문에 다미원의 근처에서 서초동의 법관들이 목격될 경우 정치적 성향을 가진 것으로 은연중 경외 시 되었다.

장성영이 그 다미원을 언급하자 윤경민의 미간에 주름이 잡혔다.

"다미원까지 가서 술을 마셔야 할 정도로 좋은 일이 있는 가 보군?"

장성영이 빙그레 웃으며 입을 열었다.

"선배님께 절대로 후회로 남지 않을 것입니다."

"그래?"

윤경민의 눈이 반짝였다.

윤경민의 가슴속으로 무언가 서늘한 바람이 스쳐가는 기분이 들었다.

머리로는 무언가 짐작이 가는 것이 있지만, 눈으로 확인하지 않는 이상 섣불리 짐작할 수 없었다.

윤경민이 머리를 끄덕였다.

"…알았네. 다미원으로 8시까지 가지."

"하하, 나중에 저에게 고맙다고 하실 겁니다."

"그런가?"

윤경민의 입가에 살짝 실소가 떠올랐다.

장성영이 다시 방을 나가려고 하자 윤경민이 입을 열었다.

"장 검사."

윤경민의 부름에 장성영이 머리를 돌렸다.

"예!"

"자네, 기적이라는 것을 믿나?"

"예?"

장성영은 뜬금없는 윤경민의 말에 놀란 듯 눈을 껌벅였다.

"기적이라고요?"

윤경민이 머리를 끄덕였다.

"그래, 말 그대로 기적이네. 영어로 미라클이라고 하는 것 말이야."

장성영은 갑작스런 윤경민의 말에 한순간 당황하고 있었다.

논리적이며 늘 합리적인 사람이 바로 윤경민 부장검사였기 때문에 지금 윤경민이 말하는 기적이라는 것을 어떤 식으로 해석해야 할지 몰랐다.

마치 망치로 머리를 한 대 두들겨 맞은 것처럼 멍청해지는 느낌이었다.

"갑자기 기적이라뇨? 당체 무슨 말씀이신지……?"

윤경민이 입을 열었다.

"기적이라는 것을 믿는지 물었어. 보통의 상식으로는 이해가 되지 않고 논리적으로 설명할 수도 없는, 그야말로

신의 힘에 의해서 벌어진 일 같은 거 말이야."

장성영이 실소를 터트렸다.

"그런 게 있겠습니까? 간혹 상식적으로 이해가 되지 않는 일들이 벌어지는 경우는 있지만, 그것도 여러 가지 문제들이 복합적으로 작용해서 한순간에 황당한 결과를 만들어 내는 것들이 아닙니까? 뭐, 선배님 말대로 기적이라고 한다면 그런 것을 기적이라고 해야 하지 않을까요?"

"…그런가?"

윤경민이 빤히 장성영을 바라보았다.

장성영이 싱긋 웃으며 다시 입을 열었다.

"세상에 진짜로 기적이 있다면 오래전에 우리나라를 비참하게 만들었던 전쟁과 같은 참혹한 일들이 없었어야 하지 않았겠습니까? 그리고 매일처럼 일어나는 교통사고나 병으로 죽어가는 사람들도 없어야 할 것이고, 수많은 어린 학생들이 죽어간 해난 사고도 없었어야 하죠. 하지만 어디에도 기적은 없었습니다. 다만 우리들이 위안으로 삼을 만큼 좋은 일이 생기거나 반가운 일들이 생긴다면 그것을 기적이라는 의미로 포장해서 부를 수도 있겠죠."

윤경민이 장성영을 보며 입을 열었다.

"만약 자네의 눈앞에서 이미 4일 전에 죽었던 생명을 다시 살려낸다면 어떤 생각이 들 것 같나? 이미 죽어서 그 시신이 부패되고 있는 생명체가 다시 부활을 한다면 말이야."

윤경민의 말에 장성영이 눈을 동그랗게 떴다.

"그건 신이지 않습니까?"

"신?"

"저는 신의 존재를 믿지 않지만, 만약 생명을 주관하는 그 어떤 존재가 있다면 그건 신이라고 할 수밖에 없죠. 진짜로 신이 존재한다면 삶과 죽음이 걸린 생명을 좌우 할 수 있는 권능은 오직 신만이 가지고 있겠죠. 그리고 기적이라는 것도 신의 영역에 들어 있는 것이라고 할 수 있지 않겠습니까?"

장성영의 말에 윤경민이 입술을 다물었다.

그날 자신과 아내 그리고 자신의 딸이 인왕산에서 본 그 기괴한 모습의 괴인은 신이라고 생각할 존재는 아니었다.

윤경민이 머리를 끄덕였다.

"알겠네, 나가보게."

장성영이 싱긋 웃었다.

"요즘 한일그룹 토지위장매각사건 때문에 선배님께서 많이 피곤하신 가 봅니다. 선배님과 어울리지 않게 기적과 신이라니 말입니다, 하하!"

"그런가?"

"그럼 나중에 다미원에서 뵙겠습니다."

"그래."

장성영이 머리를 숙이고 이내 방을 빠져 나갔다.

윤경민은 장성영이 말한 다미원에서 만나자는 것에 더 깊은 생각은 하지 않았다.

단지 자신의 눈앞에서 죽었던 뽀삐와 미키가 다시 살아났던 것만 머릿속에 가득하게 떠올랐다.

"그 사람이 아직도 그곳에 있을까?"

윤경민의 머릿속에 김동하의 추레한 모습이 떠올랐다.

한순간 윤경민의 머릿속에 그날 산위에서 미키와 뽀삐를 살려주며 김동하가 했던 말이 떠올랐다.

'내일이면 이곳을 떠났을 것이니 오늘 나를 만난게 이 아이에게도 참으로 운이 좋은 날이 되겠구나.'

김동하의 말은 내일이면 그것을 떠난다는 말이었다.

윤경민의 입술이 잘근 깨물렸다.

"하필이면 벌써 며칠이 지난 지금 이 순간에 왜 그 사람의 말이 떠올랐을까?"

다시 한번 인왕산을 찾아가 그 괴인을 만나고 싶었지만 이미 그는 인왕산을 떠난 이후일 것이었다.

"거처도 불확실해 보이는 사람이었는데……."

잠시 눈을 껌벅이던 윤경민이 책상위의 인터폰을 눌렀다.

삐익—

―네! 검사님

맑은 여자의 음성이었다.

사무보조관인 이인희의 목소리였다.

"김 계장 좀 들어오라고 해 줘요."

―네!

맑은 음성과 함께 인터폰이 끊어졌다.

잠시 기다리자 문에서 노크소리와 함께 40대 중반의 양복차림의 사내가 들어섰다.

"부르셨습니까?"

윤경민이 방으로 들어선 사람을 바라보았다.

"김 계장이 좀 다녀와 줘야 할 곳이 있습니다."

윤경민의 말에 김철진 계장의 표정이 굳어졌다.

"김선일 검사님이 요청한 한일그룹의 압류 수색 요청이 받아진 것입니까?"

김철진 계장은 요즘 윤경민 부장이 한일그룹의 수사문제로 고민이 많다는 것을 알고 있었다.

정부 고위층까지 관련되어 있는 것으로 보였기에 윤경민 부장검사로서도 중대한 결심을 하지 않는 이상 수사에 대한 부담이 큰 사건이었다.

더구나 이미 수차례 한일그룹에 대한 압류 수색 요청을 올렸지만 검사장이 받아들이지 않고 있는 중이었다.

윤경민이 머리를 흔들었다.

"그게 아니라… 누군가 조사를 좀 해줘야 할 것 같습니다."

"누군데요?"

김철진 계장의 윤경민을 바라보았다.

"김 계장 산 잘 탑니까?"

"예?"

"인왕산에 좀 다녀오셔야 할 것 같습니다."

"인왕산에요?"

뜬금없이 인왕산이라는 말에 김철진 계장이 눈을 껌벅였다.

윤경민이 입을 열었다.

"인왕산은 그렇게 높지도 않은 곳이니 많이 힘들진 않을 겁니다."

"무슨 일이신데요?"

김철진 계장이 살짝 얼굴을 굳혔다.

생각지도 않았던 인왕산을 언급하는 윤경민 부장 검사의 말에 자신도 모르게 긴장하게 되는 것이었다.

윤경민이 잠시 김철진 계장의 얼굴을 바라보다가 입을 열었다.

"인왕산의 꼭대기에 올라가면 치마바위라는 곳이 있습니다. 알고 있죠?"

김철진 계장이 머리를 끄덕였다.

"알고 있습니다. 연산군을 폐위하고 반정으로 집권한 중종의 조강지처 폐비 신씨의 사연이 담긴 이야기가 전해 내려오는 곳이 아닙니까?"

윤경민이 머리를 끄덕였다.

"잘 아시네요."

"제 딸래미가 인왕산에 다녀와서 저에게 들려준 이야기였습니다."

윤경민이 머리를 끄덕였다.

"김 계장께서 치마바위를 다녀와 주셔야 할 것 같습니다."

"치마바위에요?"

"예, 치마바위 인근에 가서 등산객들이나 산책하는 사람들에게 혹시 괴팍한 거지를 못 보았는지 물어보시면 됩니다."

김철진 계장이 이마를 찌푸렸다.

"괴팍한 거지라니요?"

김철진 계장의 얼굴이 황당하다는 표정으로 변했다.

윤경민이 다시 입을 열었다.

"제 말이 이상하겠지만 그대로 진행해 주시면 됩니다. 일단 치마바위에 가서 괴팍한 거지를 찾으면 됩니다. 옷차림은 핑크색 트레이닝복 같은 것을 입고 있고, 머리는 허리까지 내려올 정도로 길겁니다. 겉모습으로 보면 영락없

이 거지라고 할 겁니다."

"그, 그래서요?"

"그 사람을 찾는 즉시 데려오세요. 내 생각에는 거처도 없고 신분을 증명할 수도 없을 겁니다. 무연고자라는 말이지요."

김철진 계장의 미간이 좁혀졌다.

"그 거지가 무슨 범죄와 연루된 것입니까?"

윤경민이 머리를 흔들었다.

"아닙니다. 알고 싶은 것이 있어서 그런 것이니 무례하지 않게 그냥 조용히 데려오면 됩니다. 움직이기 싫어하면 적당한 핑계라도 대고 데려오세요."

"알겠습니다."

"옷차림이 특이하니 찾는 것은 그렇게 어렵지 않을 것입니다."

"예!"

"바로 출발하세요. 그리고 그 사람은 범죄자가 아니니 괜한 시비는 만들지 마시고요."

"명심하겠습니다."

김철진 계장이 머리를 숙이고 방을 나갔다.

김철진 계장이 나가자 윤경민이 짧게 한숨을 내쉬었다.

"나쁜 의도는 아니니 오해를 하지 않았으면 좋겠군……."

혼잣말로 중얼거리는 윤경민의 눈이 반짝였다.

"얘! 지은아! 저 사람 좀 봐."
교복차림의 여학생 한명이 한쪽을 손으로 가리켰다.
여학생의 가슴에는 작은 플라스틱 명찰이 달려 있었고
명찰에는 김현아라는 이름이 선명하게 새겨져 있었고, 등
에는 앙증맞은 가방이 메어져 있었다.
여학생의 일행으로 보이는 세 명의 여학생들이 머리를
돌렸다.
송지은은 김현아가 좀 전에 말한 곳으로 머리를 돌리다
눈을 동그랗게 떴다.
"어머나!"
송지은만 놀란 것이 아니었다.
같은 학교의 급우인 엄자희와 박선미까지 놀란 듯이 눈
을 동그랗게 뜨고 있었다.
그녀들의 눈에 들어온 것은 잔디위에 앉아서 양반 자세
를 취하고 먼 곳을 바라보고 있는 한명의 거지였다.
토요일 오후의 한강고수부지였기에 나들이나 산책을 즐
기려는 사람들이 많았지만 저런 모습의 거지는 처음이었
다.
거지의 모습이 특이한지 주변을 지나다니는 사람들이 거
지를 힐끗 거리다가 그의 주변을 살짝 비켜서 지나치고 있

었다.

한눈에 보아도 거처가 없이 떠도는 노숙자나 갈 곳이 없어 보이는 거지의 몰골이었다.

다만 놀라운 것은 거지의 주변에 너무나 앙증맞게 보이는 작은 강아지가 거지에게서 떨어지지 않고 맴돌고 있는 것이었다.

"강아지가 너무 귀여워."

거지의 곁에서 떨어지지 않고 맴을 돌며 잔디의 냄새를 맡거나 거지의 다리사이로 파고 들어가 거지의 다리위에서 쉬는 모습의 강아지는 참으로 귀여웠다.

만약 거지가 아니라면 다가가서 강아지를 쓰다듬고 싶을 정도로 강아지가 너무나 예쁘게 생겼다는 것이 여학생들의 시선을 끈 것이었다.

김현아를 비롯한 4명의 여학생들은 한동안 걸음을 옮기지 못하고 거지의 옆에서 맴돌고 있는 예쁜 강아지를 바라보고만 있었다.

그때 엄자희가 자신의 휴대폰을 보다가 입을 열었다.

"빨랑 가자. 채영이가 기다리겠어."

친구 엄자희의 말에 나머지 여학생들이 급하게 자신들도 시간을 확인하고 이내 발걸음을 옮겼다.

여의도 한강고수부지 아래쪽이었다.

김동하의 시선이 푸른 물이 흘러가고 있는 한강을 멍하게 바라보고 있었다.

"아무것도 없던 한수의 강변이 이렇게 변하다니… 참으로 500년이라는 세월이 놀랍기만 하구나."

김동하의 눈에는 모든 것이 변해 있었다.

하늘을 찌를 듯 솟아 있는 빌딩들과 예전에는 배가 아니면 한수를 넘을 수 없다고 알려진 한강 위로 셀 수도 없을 정도로 많은 다리들이 놓아져 있다는 것에 자신이 한순간에 넘어온 500년이라는 세월이 얼마나 긴 세월이었는지 절감하고 있었다.

더구나 자신의 등 뒤로 세워진 빌딩은 말 그대로 하늘을 꿰뚫을 것처럼 세워져 있었다.

김동하가 물끄러미 자신의 손을 내려다보았다.

씻지 않은 탓에 손톱과 손등에 새까맣게 때가 묻어 있는 모습이었다.

그런 김동하의 손에 몇 장의 지폐가 들려 있었다.

"이게 천원이라는 말이지?"

1자에 동그라미가 3개가 찍혀 있고 언문으로 천원이라는 글자가 적혀 있었다.

또한 아무리 세필화를 잘 그리는 화공이라도 이처럼 섬세한 그림을 그릴 수 없을 것이라고 믿어지는 퇴계 이황 선생의 그림이 마치 살아 있는 듯 생생하게 그려져 있었다.

"선인의 얼굴을 지전에 새기다니, 참으로 시대가 변했다는 것을 느끼게 만드는군."

산에서 두 마리의 강아지를 구해주고 소녀의 아버지인 윤경민에게 받은 돈으로 길거리에서 김밥 몇 줄을 사먹고 거스름돈으로 받은 천원짜리 지폐였다.

그 때문에 예전과는 다른 숫자의 개념까지 알았다.

한자로 사용하던 숫자는 이제 거의 사용하지 않고 아라비아 숫자를 사용한다는 것을 알게 되면서 상당히 많은 의문들이 이해되기 시작했다.

1이라는 숫자에서 10이라는 숫자까지 단숨에 이해해 버린 김동하였다.

다만 아직 이해하지 못하는 것은 아무리 보아도 이해가 되지 않는, 도형처럼 보이는(영어) 문자였다.

예전에는 천하대장군과 지하대장군이 관로의 위치를 알려주었지만 지금은 너무나 많은 팻말들이 길의 좌우측에 걸려 있었다.

팻말에는 언문과 한자가 길의 방향을 알려주었고 그 거리까지 상세하게 알려주었다.

과거에는 절대로 있을 수 없는 일이었다.

전란이 일어나면 적군에게 조선의 지형을 그대로 모두 까발리는 것과 같은 일이었기 때문이었다.

때문에 평민들은 조선의 지형이 적힌 지도를 가지는 것

조차 죄가 될 것이었다.

하지만 지금은 전혀 그런 걱정은 하지 않는 것처럼 느껴졌다.

또한 신호등의 순서와 빛이 바뀔 때 어떻게 해야 하는 지 모두 저절로 익혀버린 김동하였다.

거리를 빠르게 달리는 작은 철괴를 승용차라 한다는 것과 큰 것을 버스라는 황당한 이름으로 부르고, 짐을 실을 수 있는 마차와 같은 것을 트럭이라는 이름으로 부른다는 것도 알았다.

더구나 가장 놀란 것은 굉음을 흘리며 한수의 다리 위를 지나가는 철괴(지하철과 기차)였다.

길게 이어진 철괴의 속도는 놀라웠고, 그 철괴 속에 사람들이 타고 이동한다는 것이 너무나 놀라웠다.

또한 그처럼 긴 철괴가 한수의 다리를 건너는 것임에도 전혀 다리는 미동도 하지 않았고 무너질 기미도 보이지 않았다.

그것뿐만 아니라 모든 것이 놀랍고 신기했다.

사람들은 평민과 노비 그리고 양반과 사대부로 구분되지도 않았다.

예전에는 얼굴을 드러내고 옆 동네로 잠시 마실을 다니는 것도 아녀자의 부덕이라 여기고, 얼굴을 가릴 차양이 없인 바깥나들이도 함부로 할 수가 없었던 시절이었다.

하지만 지금은 과년한 처자들도 거리낌 없이 돌아다닌
다.

더구나 민망할 정도로 맨살을 드러내는 것도 부끄러워하
지 않았고, 간혹 보는 사람들이 더 민망한 입성을 입고 거
리에 나서는 처자들도 있다는 것이 놀라웠다.

또한 자신은 단 한번도 본적이 없었던 색목인(서양인)들
이나 온몸이 새카만 이국인들도 마음대로 거리를 활보한
다는 것이었다.

김동하에게는 보이는 것마다 놀랍고 신기한 광경들이었
다.

더욱더 놀라운 것은 자신 또래의 남자들이나 아버지의
연배와 같은 사람들의 얼굴에 수염이 없다는 것이다.

수염은 관록의 상징이며 대장부로서의 증명패와 같은 것
이었다.

하지만 500년이나 흐른 지금의 남자들은 전혀 수염이 없
는 얼굴이었다.

머리칼조차 짧았다.

사람의 신체는 터럭 하나까지 모두 부모님이 물려주신
것이기에 폐륜폐덕 하지 않기 위해서는 절대로 잘라서 안
된다고 알고 있던 김동하였다.

하지만 지금은 모두 머리를 짧게 자르고 단정한 모습이
었다.

입성도 모두 변해 있었다.

예전에는 자신 역시 유삼에 속적삼을 입었지만, 지금은 그런 입성을 한 사람이 없었다.

모두가 깔끔한 옷차림에 발에는 짚신 대신 가죽이나 천으로 만들어진 특별한 신발을 신고 있었다.

또한 한 가지 이해가 되지 않는 것은 어리거나 나이가 많거나 혹은 남자거나 여자거나 모두가 손바닥만한 무언가(전화기)를 들여다보고 있다는 것이었다.

그것이 무엇인지 알고 싶었지만 자신과는 상관없는 것이라는 생각에 관심을 끊어버렸다.

한순간에 500년이라는 세월을 넘어 이세계와 같은 현실과 대면한 김동하로서는 모든 것이 혼란스러웠다.

천공불진으로 인해 500년이라는 세월을 단숨에 넘어버린 후 보게 된 세상은 참으로 너무 많이 변해 있었다.

한순간에 너무 많은 것이 변했다는 것을 느낀 김동하는 지금의 세상에서 외톨이가 된 것 같았다.

아버지가 외동이었기에 인척도 없었던 김동하로서는 마땅히 자신이 방향을 잡고 가야 할 곳을 선택하지 못하고 있었다.

다만 인왕산과는 달리 누구도 이곳에서는 자신에게 말을 걸지 않았고, 다가오지 않는다는 것에 어느 정도 안정을 되찾고 있었다.

"돌아가야 할 길을 모르니 갈 곳도 없구나……."

김동하의 눈에 멀리 북한산의 모습이 들어왔다.

하지만 그곳도 인왕산과 그다지 다를 것 같지 않았다.

그때였다.

"어디서 온 누군지는 모르지만 이곳에 홀로 앉아서 무슨 생각을 그리 하슈?"

김동하의 곁에서 들려온 목소리였다.

김동하가 천천히 머리를 돌렸다.

김동하의 눈에 70살은 되어 보이는 늙은 노인이 자신을 물끄러미 바라보고 있었다.

손에는 검은 비닐봉지 하나가 들려 있는 약간은 남루해 보이는 노인이었다.

김동하가 재빨리 일어섰다.

"죄송합니다."

사부와 사숙을 대하면서 나이든 사람에게는 자신도 모르게 예를 갖추어야 한다는 습성이 몸에 배어 있는 김동하였다.

노인이 혀를 찼다.

"허허, 죄송할 게 뭐가 있소? 근데 일어나긴 왜 일어나는 거유."

노인의 탁한 눈이 김동하를 바라보았다.

긴 머리칼 때문에 김동하의 나이를 짐작하기 어려웠다.

하지만 드러난 손과 다리의 피부상태를 보아 나이가 많이 들지는 않은 모습이었기에 노인이 혀를 찼다.

"쯧! 보아하니 젊어 보이는 사람인데 무슨 일로 이리 홀로 앉아 있는 거요?"

김동하가 머뭇거렸다.

이내 김동하가 입을 열었다.

"사연이 있어 돌아가야 할 곳으로 돌아가지 못하고 그냥 여기서 머물고 있는 중입니다."

노인이 김동하의 얼굴을 잠시 바라보다가 털썩 김동하의 앞에 주저앉았다.

"앉으시구려. 나도 적적해서 바람이라도 쐴까 하여 나왔는데 갈 곳이 없어 그냥 이리저리 걷다 그쪽을 만난 것이라오. 갈 곳 없는 사람들끼리 잠시 말 친구나 하도록 합시다."

말을 하는 노인의 목소리는 힘이 빠져 있었다.

김동하가 허리를 살짝 숙였다.

"하대를 하셔도 괜찮습니다, 어르신."

나이로 치자면 현재의 김동하 나이보다 많은 사람은 이 세상에 존재하지 않을 것이었다.

하지만 김동하는 자신의 나이가 500살이 넘었다는 것을 절대로 인정할 수 없었다.

여전히 그는 18살의 김동하일 뿐이라고 생각했기에 노

인에게 절대로 함부로 할 수가 없었다.

노인이 혀를 찼다.

"쯧, 보아하니 옷을 남루하게 입었다고 하지만 막된 사람은 아닌 것 같구려. 앉으시오. 하대를 하건 존대를 하건 그게 중요하지 않은 것 같은데……."

노인이 다시 김동하에게 앉기를 권하자 김동하가 앉았다.

오후의 햇살이 내려쬐는 한강의 고수부지에 시원한 강바람이 불어왔다.

노인의 모습은 평범해 보였다.

지나온 세월의 흔적이 노인의 얼굴에 주름으로 남겨져 있었고, 손마디는 노인의 삶이 평범하지 않았다는 것을 증명하듯 옹이가 만들어져 있었다.

입고 있는 옷은 남루하진 않았지만, 그렇다고 값이 비싼 옷으로 보이지도 않는 그야말로 평범한 바지와 점퍼차림이다.

노인이 손에 들린 비닐봉지를 주섬주섬 풀었다.

김동하가 노인이 비닐봉지를 푸는 것을 물끄러미 바라보았다.

김동하의 눈에 비닐봉지는 참으로 묘한 물건이었다.

종이처럼 얇지만 질기고 끊어지지 않는다.

또한 물기를 막을 수 있고 검은색이었기에 안이 보이지

않아서 좋았다.

그리고 마지막으로 무척 가볍다.

노인이 비닐봉지를 풀고 비닐봉지의 안에 담겨있는 것을 자신과 김동하의 앞쪽 잔디 위쪽에 들어냈다.

소주병 하나와 종이컵 둘 그리고 과자 한봉이었다.

노인이 김동하를 보며 입을 열었다.

"나이가 먹어 적적해지면 친구가 그리워진다오. 근데 이 나이 먹도록 찾아갈 친구가 없어서 그냥 한가해지면 이곳에 나와 혼자 술을 마시고 가지요. 간혹 그쪽 같은 사람을 만나면 이야기도 하고 말이오. 허허."

김동하가 가볍게 머리를 숙였다.

"그러십니까?"

노인이 종이컵을 들어 김동하에게 건넸다.

"한잔 하시려오?"

불쑥 내 밀어지는 종이컵을 보며 김동하가 약간 난감해하는 표정을 지었다.

자신은 술을 마실지 모르기 때문이었다.

김동하가 정중하게 사양했다.

"저는 술을 마실 줄 모릅니다."

"그래요?"

노인이 힐끗 김동하의 모습을 아래위로 훑어보다가 직접 자신이 들고 있는 잔에 술을 따랐다.

멍—

김동하의 다리 쪽에 앉아 있던 포메라니안이 짧게 짖었다.

노인이 포메라니안을 보며 물었다.

"그쪽의 강아지요?"

김동하가 입을 열었다.

"제가 목숨을 살려주었더니 저를 떠나지 않고 계속 같이 있으려고 하는군요. 이놈도 갈 곳이 없는 것 같아 같이 동행하고 있습니다."

김동하의 말에 노인이 잠시 강아지를 바라보다가 종이컵에 따라 술을 입으로 가져갔다.

노인의 목에 주름이 너무나 선명했다.

김동하는 말없이 노인을 바라보았다.

노인이 잔에 따른 술을 단숨에 들이킨 후, 쓴 소리를 내며 잔을 내려놓았다.

"동물이든 사람이든 같이 갈 사람이 있다는 것은 좋은 일이지요. 허허. 모두가 떠난 후에 홀로 남는 것보다 서글프고 쓸쓸한 것은 없다오."

김동하가 물었다.

"어르신께서는 홀로 남으신 것입니까?"

김동하의 물음에 노인이 물끄러미 김동하를 바라보았다.

헝클어져 봉두난발이 된 머리칼과 땟국물이 지저분하게 흐르는 핑크빛 트레이닝복이 노인의 눈에 들어왔다.

"그쪽은 어쩌다 그리 되었소?"

노인은 김동하가 거지꼴이 된 것이 궁금해진 모양이었다.

김동하가 자신의 몰골을 내려다보았다.

자신이 보아도 민망하고 지저분한 모습이었다.

김동하가 입을 열었다.

"입성이야 아무래도 좋다고 생각했습니다. 몸만 가릴 수 있다면 그것으로 충분하지요."

"허허, 심심산골에서 도를 닦다가 내려온 것이오? 세상은 그런 것이 아니라오. 내 것으로 가진 게 없으면 믿었던 사람에게 버려지고, 나이 들어 추레해지면 나에게 가장 가까운 사람들에게조차 거추장스럽게 느껴지게 되거든? 사람의 꼴도 그렇다오. 깨끗하고 단정하면 주변에 사람이 모이지만, 추레하고 더럽게 느껴지면 멀리하고 다가오지도 않는단 말이지. 지금 그쪽의 꼴이 딱 그 모습이오. 근데 그런 옷은 어디서 주워 입은 것이오?"

노인은 김동하가 입고 있는 옷이 남자의 옷이 아닌 여자들이 입는 옷이라고 생각했다.

그도 그럴 것이 핑크색의 트레이닝복은 아무리 보아도 남자의 취향은 아니라고 생각했기 때문이었다.

김동하가 잠시 눈을 감았다가 떴다.

"이 세상에 와서 처음 만난 처자였습니다. 빈몸이었던 나에게 이 옷을……."

말을 하던 김동하의 눈이 반짝였다.

빈몸으로 온 것이 아니었다.

자신의 몸에 스승님이 남겨두었던 것으로 생각되어지는 불진의 자루가 있었다는 것을 그제야 깨달은 것이었다.

노인은 김동하가 말을 하다 멈추자 놀란 듯이 눈을 껌벅였다.

"왜 그러시오?"

"아! 아닙니다, 어르신."

"허허, 난 어르신이 아니라오. 그저 지금까지 살아온 것에 회의감을 느끼며 하루하루 힘겹게 버티며 살아가는 쓸 모없는 늙은이일 뿐이지……."

노인의 탁해 보이는 눈동자에 살짝 습기가 묻어나고 있었다.

김동하가 노인의 얼굴을 잠시 바라보았다.

얼굴을 가득 덮은 주름과 검버섯 그리고 지금까지 살아온 세월의 더께가 초라한 말년의 황혼을 상징하듯 덮여 있었다.

참으로 슬퍼 보이는 노인의 모습이었다.

강변고수부지를 산책하며 지나가는 산책객들이 공원의 잔디위에 앉아서 대화를 나누고 있는 김동하와 노인을 보며 술렁이며 지나간다.

간혹 보이는 술주정뱅이와 노숙자들이 한강에 나와서 술을 마시는 모습이었다.

흔한 모습이었고 자주보이는 풍경 중 하나였지만, 핑크색 트레이닝복장과 어울리지 않는 강아지를 비롯해 초라해 보이는 노인이 둘러앉아 술을 마시는 모습은 그다지 좋은 풍경이 아니었다.

오히려 여유와 오붓한 한가로움이 배경처럼 깔려 있는 고수부지의 분위기를 즐겨야 하는 풍경에서 오염된 구도처럼 보이는 모습이었다.

김동하가 슬퍼 보이는 노인에게 물었다.

"할머니는 같이 계시지 않습니까?"

김동하의 물음에 노인이 비워진 술잔에 다시 술을 따랐다.

쪼르르르르—

빈약한 안주이긴 하지만 노인은 안주삼아 가져온 과자봉투에는 전혀 손을 대지 않았다.

오히려 김동하의 발 옆에 엎드려 있던 포메라니안이 과자봉지에 흥미를 느낀 것인지 코를 쿵쿵대고 있었다.

하지만 노인은 그런 포메라니안을 말리지 않았다.

김동하도 노인이 가져온 과자봉투에 영문을 알 수 없는 언문이 적혀 있었기에 그것이 무엇인지 모르지만 개봉이 되지 않은 것을 보고 강아지를 말리지 않았다.

쭈욱—

술을 따른 노인이 단숨에 술을 들이켰다.

햇빛에 그을린 노인의 입가의 볼살을 타고 몇 방울의 술이 흘러내렸다.

"크으~"

노인의 입에서 다시 술 트림이 흘러나왔다.

술잔을 내려놓은 노인이 한강수변으로 눈길을 돌렸다.

"할망구를 물었소?"

"⋯⋯."

김동하는 아무 말도 하지 않았다.

노인이 손을 들어서 한강의 물 위쪽을 가리켰다.

"할망구는 몇 해 전 저곳으로 갔소. 망할 할망구, 나랑 백년동안 해로하자고 하고선 먼저 가버렸지. 꽃다운 나이에 나한테 와서 평생 아프기만 하다가 가버렸지요."

노인의 말끝이 살짝 떨리고 있었다.

김동하가 나직하게 물었다.

"돌아가셨군요?"

끄덕—

노인이 머리를 끄덕였다.

"3년 전 겨울에 죽었소. 같이 잠을 자다가 나한테 말도 한마디 남기지 않고 그냥 조용히 떠났지. 매일 밤이면 아파서 끙끙대는 신음소리도 그날만은 하지 않았소. 한밤중에 날 물끄러미 바라보기만 해서 왜 그러느냐 물으니 내가 이쁘다고 하였소. 싱거운 소리 하지 말라고 하다가 잠이 들었는데……."

툭—

노인의 눈에서 눈물이 한 방울 떨어졌다.

누군가와 이렇게 마주앉아 대화를 하는 것은 노인으로서는 참으로 오랜만의 일이었다.

자신의 가슴속에 쌓여 있는 무언가를 풀어내고 싶었고 털어놓고 싶었지만, 그 누군가가 노인의 옆에는 없었다.

노인이 소매로 슬쩍 자신의 눈을 닦아냈다.

처음 보는 김동하에게 눈물을 보인 것이 민망한 얼굴이었다.

김동하가 물었다.

"자제분들은 없으십니까?"

자식에 대해 물어보자 노인이 웃었다.

"허허, 우리 할망구가 참 잘한 것이 자식을 4명이나 낳았다는 거요. 큰놈은 박사인데 아주 좋은 대학에서 교수를 하고 있지. 들어보셨소? 서전대학이라고……."

김동하는 노인이 말한 대학을 들어본 기억도 없고, 대학

이라는 곳이 어떤 곳인지 알지 못했다.

다만 과거의 학당처럼 학문을 배우는 곳이라고 짐작하고 있었다.

교수라는 직함은 과거에도 흔하지는 않았지만 사용했기 때문이었다.

노인이 다시 말을 이었다.

"둘째는 딸년인데 사위를 잘 만나 지금은 미국에 가 있소. 머리도 똑똑하고 얼굴도 예뻐서 시집을 잘 간 거지. 허허. 둘째가 손녀 두 명을 낳았는데 그 아이들도 지 엄마를 닮아서 영리하고 똑똑하다오. 단지……."

노인이 살짝 얼굴을 찌푸리며 말을 멈추었다.

김동하가 물었다.

"왜 그러십니까?"

노인이 웃었다.

"허허, 아니오. 그 아이들이 미국에서 태어나서 한국말을 잘 하지 못한다오. 그게 좀 흠이긴 하지만……."

김동하가 물었다.

"미국이라는 곳이 먼 곳입니까? 명나라가 있는 중국보다 먼 곳인지요?"

김동하는 미국이 어떤 곳인지 알 수가 없었다.

노인이 김동하를 바라보았다.

"중국이라고 했소?"

"예."

"허허, 중국이야 비행기를 타면 두 시간이면 가는 곳이지만 미국은 하루 종일 비행기를 타고 가야 하는데 그쪽은 미국을 잘 모르는 모양이구려?"

"그게……."

김동하는 미국이 어떤 나라인지 알지도 못했다.

당시에는 조선근해에 서양인이 나타나면 그야말로 나라가 들썩일 정도였다.

어쩌다 서양인이 한양 성도에 들어오기라도 하는 날이면 색목인이 왔다고 저잣거리에 인파가 몰려 사람 구경하기에도 바쁜 시절이었다.

또한 김동하는 태어나서 외국사람을 단 한사람도 본적이 없었다.

이곳까지 오면서 보았던 외국인들의 모습도 참으로 신기하다고만 생각하고 있었던 김동하였다.

더구나 김동하는 중국이 조선과 멀리 떨어진 외국이라고만 생각하고 있었고, 왜국은 조선과는 달리 배를 타고 가야 하는 곳이라고만 알고 있었다.

김동하가 노인에게 미국에 대해 물으려다 조용히 입을 닫았다.

오히려 그것을 묻는 것이 더 이상하게 보일 것이라고 생각한 것이다.

노인이 김동하를 힐끗 바라보다가 다시 말을 이었다.

"셋째도 딸인데 그 아이는 지금 부산에 살고 있소. 마찬가지로 결혼을 했는데 부산에서 크게 사업을 하고 있는 사위랑 함께 살고 있지요. 셋째도 손주 세 명을 낳았는데 모두 잘생긴 놈들이지요, 허허."

김동하가 물었다.

"넷째분은 어떤 분이십니까?"

"넷째는 공무원인데 착한 놈이요. 그놈도 결혼해서 지금 저기 분당 쪽에 살고 있다오. 허허, 우리 할망구 덕분에 자식농사는 잘 지었다고 주변에서 인정들을 해 줍니다."

노인의 얼굴은 아까 죽은 할머니를 이야기 할 때와는 달리 무척 밝은 모습이었다.

하지만 그런 노인의 미소에 알 수 없는 슬픔이 느껴지고 있었다.

그 순간이었다.

찌르르르르—

김동하의 가슴 한쪽이 저려왔다.

김동하의 눈이 커졌다.

"이건……."

예전에는 단 한번도 느끼지 못한 감각이었다.

노인이 김동하를 보며 물었다.

"왜 그러시오?"

김동하가 머리를 흔들었다.

"아, 아닙니다."

너무나 생소하고 처음으로 느끼는 감각이었기에 김동하는 자신의 몸에 들어 있는 해동무의 기운을 움직여 처음 자신의 가슴에 진동이 느껴진 그곳을 살폈다.

하지만 아무런 느낌도 없이 이내 고요하게 가라앉았다.

통증도 아니고 기혈이 격탕치는 느낌도 아닌, 일반적인 감각과는 전혀 다른 감각이 그의 가슴에서 느껴진 것에 김동하는 살짝 당황하고 있었다.

노인이 다시 입을 열었다.

"그쪽은 언제부터 이리 혼자가 되었소?"

김동하가 눈을 깜박였다.

언제라고 단정해서 설명하기 힘들었다.

과거 514년 전에 자신이 가진 천능으로 인해 어쩔 수 없이 천공불진에 들어가야 했고, 그 결과 500년의 세월을 홀로 뛰어넘어 지금의 이 현실에 떨어진 것이었다.

그것을 노인에게 설명할 도리가 없었다.

"소생이 이 모습으로 지낸 것이 언제부터인지 잘 기억이 나지 않습니다. 송구합니다, 어르신."

노인이 김동하의 말을 들으며 웃었다.

"허허, 그쪽의 말을 들으면 꼭 오래 전에 조선시대에 살다 온 사람 같구려. 요즘은 그런 말투를 쓰는 사람들이 잘

없다오."

노인의 말에 김동하의 얼굴이 굳어졌다.

자신의 어투가 지금의 사람들이 사용하는 어투와 다르다는 것은 이미 한서영을 만나면서 알았고, 인왕산의 꼭대기에서 뽀삐와 미키라는 두 마리의 강아지를 구해주며 윤경민과 그 가족들을 만나면서 느낀 터였다.

김동하가 살짝 당황하여 다시 이마를 숙였다.

"송구합니다, 어르신."

김동하의 말에 노인이 입을 벌리고 웃었다.

"허허, 나를 웃기게 하는 재주가 있으신 양반이시군. 이 늙은이 마지막 가는 길에 이렇게 웃을 수 있어서 기분이 좋긴 합니다, 허허허."

노인의 입에서 허탈해 보이는 웃음소리가 흘러나오고 있었다.

노인이 다시 술잔에 술을 따랐다.

쪼르르르르—

술잔에 다시 술이 채워졌다.

그때였다.

찌리리리리릿—

김동하의 가슴에서 다시 좀 전에 느꼈던 그 묘한 감각이 나타났다.

김동하의 눈이 커졌다.

하지만 이내 그 감각은 사라지고 다시 온전한 느낌으로 돌아왔다.

김동하의 눈빛이 깊어지고 있었다.

예전에는 느끼지 못했던 감각이 500년이라는 세월을 넘어 이곳으로 현신하면서 처음으로 나타났다.

김동하가 자신의 가슴을 손으로 살짝 더듬었다.

손끝에서 만져지는 느낌은 거저 입고 있는 옷의 감촉밖에는 없었다.

"이게 뭔지……."

노인이 다시 물었다.

"무슨 일이 있소?"

김동하가 머리를 흔들었다.

"아닙니다."

노인이 머리를 끄덕이며 주변을 둘러보았다.

주변에는 이제 조금씩 어둑해 지고 있었고, 멀리 강 건너 용산과 마포 쪽에서는 벌써 밤을 밝히는 불빛들이 별처럼 떠오르고 있었다.

"시원한 밤이군 그래."

한손에 술잔을 들고 강변을 바라보는 노인의 옆얼굴이 무척이나 쓸쓸하게 보이는 저녁이었다.

김동하 역시 인왕산의 산에서 바라보던 밤의 풍경이 생생하게 눈앞에 다가오는 것을 말없이 지켜보고 있었다.

한동안 강변을 바라보던 노인이 김동하를 돌아보며 물었다.

"그나저나 오늘밤에 잠을 잘 곳은 있는 것이오?"

김동하가 빙긋 웃었다.

"그냥 여기서 밤을 새울 생각입니다. 날이 밝으면 다시 어디론가 가야 하겠지만 말입니다."

"그렇소?"

노인이 머리를 끄덕인 후 손에 들린 술잔을 입으로 털어 넣었다.

안주도 없이 쓴 소주만 마시는 노인이었지만, 그렇다고 알콜 중독자의 모습처럼은 보이지 않았다.

노인이 마지막 남은 술을 잔에 채워 넣자 술병이 비워졌다.

안주도 없이 한병의 술을 홀로 마신 것이었다.

이내 마지막 잔까지 마신 노인이 자리에서 일어섰다.

"난 이제 갈 거요. 여기서 밤을 새울 거라고 하니, 거 한여름이라고 해도 새벽에는 차니 몸조심하시구려."

김동하가 노인이 일어서자 자신도 일어서며 정중하게 머리를 숙였다.

"조심해서 가십시오."

"말 친구가 되어줘 고맙소. 허허, 잘 지내시오. 이름 모를 양반."

노인의 말에 김동하가 잠시 머뭇거리다 입을 열었다.

"소생의 이름은 쇠 김자에 동녘 동자와 물 하자를 씁니다."

"김동하?"

"예, 어르신."

"허허, 역시 그 말투는 요즘 사람 같지 않은 느낌이구려. 김동하라… 좋은 이름이요. 내 기억하리다. 나에겐 마지막 말동무니 말이외다."

노인이 말을 마치는 순간 다시 김동하의 가슴 속이 찌르르 울렸다.

김동하의 얼굴이 다시 굳어졌다.

노인은 그런 김동하를 잠시 의아한 시선으로 바라보다가 이내 머리를 흔들었다.

"난 이름조차 남겨두기엔 민망할 것 같으니 거저 잊어도 좋은 노인이라고 생각하시구려."

김동하는 아무 말도 하지 않았다.

노인의 이름을 함부로 묻는 것은 김동하에겐 부담스러운 일이었다.

노인이 김동하를 보며 입을 열었다.

"그 꼭 돌아가야 할 곳이 있다는 곳으로 부디 돌아가시기를 바라겠소. 그럼 잘 지내구려."

"예!"

"그럼 가리다."

노인이 자신이 먹다가 남겨진 술병과 술잔을 다시 검은 색의 비닐봉투에 넣었다.

과자봉투가 남았지만 과자봉투는 넣지 않았다.

"이건 밤에 입이 심심하면 드시구려."

"아, 아니……."

"난 가져가도 그저 쓰레기로 버릴 것 같으니 이왕이면 강아지랑 함께 먹어도 될 거요."

말을 마친 노인이 검은색의 비닐봉투를 들고 자신이 걸어왔던 방향으로 휘적휘적 걸어갔다.

참으로 황당한 인연이었다.

떠날 것이라고 생각하고 돈의문을 둘러보고 왔지만, 마땅히 어디로 가야 할지 결정할 수가 없어서 찾아온 곳이 바로 이곳이었다.

비록 지나다니는 사람도 많고, 사람들의 시선을 끌기도 했지만 그래도 누구나 방해하는 사람이 없었기에 잠시 머물 생각이었다.

하지만 이곳에서 이름도 알지 못하는 노인을 만났다는 것이 너무나 의외라는 느낌이 든 김동하였다.

김동하가 멀리 사라지는 노인의 등을 한동안 바라보다가 이내 자리에 앉았다.

그의 무릎위로 자신에게서 떨어지지 않던 포메라니안이

재빨리 파고들어 자리를 잡고 김동하를 올려다보고 있었다.

"끙~"

포메라니안이 혀를 내밀어 입 주변을 핥고 다시 김동하를 바라보았다.

강아지의 맑은 눈이 김동하를 올려다보고 있었다.

한순간 김동하는 자신이 목이 마르다는 것을 느꼈다.

인왕산에 있을 때에는 산의 군데군데 설치된 약수터에서 갈증을 달랠 수가 있었지만 지금은 그럴 수가 없었다.

한강물을 떠먹기에는 강물이 마실 수 있을 정도로 맑지 않다는 것을 아침부터 이곳에 머물고 있었던 김동하도 알고 있었다.

그때 김동하의 곁으로 산책을 나온 남녀들이 스쳐갔다.

그들의 손에 들린 것은 투명한 페트병에 담긴 물병이 들려 있었다.

그것이 물이라는 것을 알아챈 김동하가 남녀에게 급히 물었다.

"여보시오."

김동하의 갑작스런 말건넴에 두 남녀가 흠칫하며 멈춰섰다.

남루한 옷차림을 하고 산발을 한 거지가 말을 걸어오는 것에 두 남녀는 살짝 당황한 것 같았다.

여자의 얼굴은 노골적으로 경직되어 있었다.

남자는 그런 여자를 보호하려는 듯 자신의 뒤쪽으로 당기며 김동하를 바라보았다.

김동하의 나이보다 몇 살 정도는 많아 보이는 남자였지만, 봉두난발을 하고 남루한 옷차림을 걸치고 있는 김동하의 나이를 짐작할 수가 없었기에 남자는 약간 놀란 얼굴이었다.

"무슨 일입니까?"

남자가 살짝 경계하는 얼굴로 김동하를 바라보았다.

김동하가 물었다.

"초면에 묻기가 참으로 민망하나 목이 말라 다급하여 발걸음을 멈추게 만들었습니다. 혹시 그 손에 들고 계시는 것이 물입니까?"

남자가 자신의 손에 들린 물병을 바라보았다.

"예! 생수인데요."

김동하가 머리를 끄덕이며 다시 물었다.

"그 물을 어디서 구할 수 있는지 알려주실 수 있는지요? 이곳은 민가나 관정으로 만들어 놓은 우물이 없어서 물을 구하기 난감하여 잠시 무례를 범했습니다."

김동하의 말에 남자가 멍한 표정을 지었다.

요즘 물을 어디서 구할 수 있는 것인지 물어오는 사람은 그 어디에도 없을 것이었기 때문이었다.

더구나 민가와 우물이라는 말에 잠시 어리둥절한 느낌이 들었다.

또한 비록 겉모습은 민망한 옷차림의 거지꼴을 하고 있었지만, 건네는 말투에 정중함이 가득 담겨 있다는 것에 살짝 놀랐다.

말투 역시 요즘의 말투가 아닌 마치 텔레비전 드라마의 사극에서 들어보았던 특별한 말투였기에 황당한 느낌이 들었다.

남자의 뒤쪽에 서 있던 여자도 놀란 얼굴로 김동하를 바라보고 있었다.

남자가 손을 들어 한쪽을 가리켰다.

"저쪽 매점에서 사면 될 겁니다."

남자가 강변고수부지의 매점이 있는 방향을 가리켰다.

김동하가 남자가 가리킨 방향을 바라보았다.

그때 남자의 뒤에 서 있던 여자가 남자의 옆구리를 찔렀다.

"오빠! 그 물 저 사람에게 그냥 줘."

여자는 김동하의 옷차림과 행색을 보고 물을 살돈도 없을 것이라고 생각한 모양이었다.

남자가 김동하에게 자신의 손에 들린 물병을 건넸다.

"목이 마르시면 이것을 마시면 될 겁니다."

김동하가 남자의 얼굴을 바라보았다.

잠시 남자를 바라보던 김동하가 머리를 숙였다.

"감사합니다."

남자가 물병을 김동하에게 건네면서 다시 입을 열었다.

"입을 대고 마시진 않았으니 괜찮을 겁니다."

"예!"

김동하가 다시 머리를 숙였다.

남자가 물병을 김동하에게 건네주는 것을 본 여자가 남자를 당겼다.

"이제 가!"

"그래."

두 남녀가 물병을 김동하에게 건네주고 몸을 돌렸다.

김동하는 남자가 건네준 물병을 들고 잠시 바라보다가 남자와 여자가 사라지는 것을 지켜보았다.

조금 떨어지긴 했지만 여자가 남자에게 속삭이듯 말하는 것이 김동하의 귀로 들어오고 있었다.

"좀 이상한 사람 같아. 옷을 보니까 여자트레이닝복이고 말투도 이상해. 정신이 이상한 사람 같아 오빠."

"그런가?"

"저런 사람은 조심해야 해. 이유 없이 남을 해코지 한단 말이야."

"겁쟁이. 네 옆에 내가 있는데 뭘 걱정해?"

"피~ 오빠 힘도 없어서 나도 잘 업지 못하잖아."

"그건 니 몸무게가 많이 나가서 그런 거야."

두 남녀가 도란도란 이야기 하면서 멀어지고 있었다.

두 남녀의 대화를 본의 아니게 듣게 된 김동하가 피식 웃었다.

"후후… 이젠 정신이 나간 광인의 취급까지 받게 되는구나. 서둘러 이곳을 떠나야 할 것 같다. 더 머물다간 진짜 광인이 될 수도 있을 것 같다는 생각이 들어."

김동하의 발아래서 올려다보던 포메라니안이 김동하를 보며 짧게 짖었다.

"멍!"

김동하가 빙긋 웃었다.

"너도 그렇게 생각한단 말이냐?"

"멍!"

포메라니안의 짧게 짖는 소리가 해가 떨어지는 강변의 고수부지를 짤랑 흔들며 울리고 있었다.

김동하는 물병을 받아들고 사람의 인적이 조금 덜한 한강변 쪽으로 좀 더 내려갔다.

그런 김동하의 뒤를 따라 포메라니안이 짧은 꼬리를 흔들며 따르고 있었다.

포메라니안의 입에는 좀 전까지 김동하의 앞에 앉아서 이야기를 나누다 떠난 노인이 남겨놓은 과자 봉지가 물려 있었다.

*　*　*

똑똑 노크소리가 들리며 문이 열렸다.

순간 방안에 앉아 있던 두 명의 남자가 문 쪽을 바라보았다.

방안으로 들어서는 사람은 회색의 양복을 걸친 40대 중반의 남자였다.

서울중앙지검 부장검사 윤경민이다.

윤경민은 다미원의 밀실에 앉아 있는 두 사람을 보며 얼굴을 굳혔다.

문 쪽의 입구 쪽에 앉아 있던 30대의 사내가 일어섰다.

윤경민 검사의 후배인 장성영 검사였다.

"어서 오십시오, 선배!"

장성영 검사가 환한 미소를 머금고 윤경민을 바라보았다.

윤경민이 살짝 웃으며 대답했다.

"생각지 못한 손님이 와 계시는군?"

윤경민의 말에 안쪽에 앉아 있던 60대의 남자가 윤경민을 바라보며 부드러운 미소를 머금었다.

"허허. 어서 오시오, 윤부장. 내가 장검사를 졸라서 윤부장과 조용히 식사를 할 수 있는 자리를 만들어 달라고 했소."

60대의 남자는 머리칼은 희끗희끗한 백발이 섞인 남자였다.

얼굴에 기름기가 흘렀고, 피부에는 윤기가 나는 느낌이 들었다.

한눈에 보아도 부유한 느낌이 흐르는 얼굴이다.

하지만 누군가 그를 보았다면 그의 정체를 단번에 알 수 있을 것이었다.

최태민.

한일그룹의 총수로서 대한민국 재계 10위권에 들어가는 거물이었다.

이번 그룹소유의 토지를 위장 매각했다는 것으로 인해서 윤경민 부장검사의 수사대상이 되어 있는 인물이기도 했다.

윤경민이 힐끗 장성영을 바라보았다.

"이럴려고 나에게 술을 마시자고 한 것인가?"

장성영이 웃었다.

"하하, 선배께서 최 회장님이 나오셨다는 것을 들으시면 곤란해 하실 것 같아서 그냥 술 한잔 하자고 말씀드린 것입니다."

"그래?"

윤경민이 장성영을 쏘아보았다.

차갑고 냉정해 보이는 시선이다.

예전 일선 검사시절 자신이 담당했던 사건에서 피의자를 보는 듯한 냉정하고 싸늘한 표정이었다.

장성영이 웃었다.

"뭐, 다른 의도는 없습니다. 그냥 최 회장님이랑 식사를 하면서 회장님의 말씀을 한번 들어보는 게 어떨까 싶어 선배님을 청하게 된 겁니다."

윤경민이 머리를 끄덕였다.

"뭐, 식사 한 끼 하지 못할 것은 없지."

말을 마친 윤경민이 최태민 회장을 바라보며 입을 열었다.

"잠시 화장실에 좀 다녀오겠습니다."

최태민 회장이 빙긋 웃으면서 머리를 끄덕였다.

"그러시구려."

윤경민이 열었던 방문을 닫고 다시 몸을 돌렸다.

전통한식으로 식단이 꾸려지는 다미원은 철저하게 예약으로만 운영되는 곳이었다.

아무리 많은 돈을 가지고 식사를 하려해도 예약을 하지 않으면 절대로 들어올 수도 없는 곳이었고, 또한 예약도 예약자의 신분이나 사회적 지위를 고려해서 차별해서 예약을 받았다.

그 때문에 정관계와 경제계의 주요인물들이 주로 밀담을

나누거나 누설되어서는 곤란한 정보가 있을 때 이곳에서
식사를 하는 곳으로 알려져 있었다.

그런 다미원에 윤경민은 태어나서 딱 두번을 온 적이 있
었다.

한번은 중앙지검장 취임회식 때였고 다른 한번은 자신이
부장검사로 발령 났을 때 선배인 한상열 차장검사가 초대
해서 식사를 한 적이었다.

그리고 이번이 세 번째 방문이다.

화장실을 다녀온 윤경민이 다시 방안으로 들어섰다.

이미 윤경민의 자리는 최태민 회장의 맞은편에 만들어져
있었다.

넓은 교자상 위에는 갖가지 한식요리들이 올라와 있었
고, 몇 개는 이미 손을 댄 흔적이 보였지만 윤경민은 상관
하지 않았다.

윤경민이 자리에 앉자 최태민 회장이 윤경민을 보며 입
을 열었다.

"자! 내 잔 한잔 받으시오, 윤 부장."

윤경민이 담담한 얼굴로 잔을 받았다.

"감사합니다."

쪼르르르르.

옥빛의 도자기로 만들어진 술 주전자에서 맑은 술이 흘
러나와 윤경민의 잔을 채웠다.

윤경민이 이내 술잔을 입으로 가져갔다.

그런 윤경민을 최태민 회장과 장성영이 묘한 미소를 머금고 바라보았다.

술잔의 술을 마신 윤경민이 잔을 내려놓았다.

탁—

잔을 내려놓은 윤경민이 자신의 앞에 놓인 나물을 집어서 입으로 가져가 씹기 시작했다.

최태민 회장이 윤경민을 보며 입을 열었다.

"이렇게 나와 줘서 고맙소, 윤 부장."

윤경민이 웃었다.

"장 검사가 술 한잔 하자고 해서 왔는데 회장님이 계실 줄은 몰랐습니다. 뭐 말씀대로 식사나 같이 하지요."

"허허, 올곧은 성격은 여전하군요."

윤경민이 빙긋 웃었다.

"검사 짓 하려니까 성격이 개차반이 되더라고요. 그 때문에 제 밑에 있는 수사관들이 버티지를 못하고 다 그만두더군요."

"하하! 윤 부장이 무서운 사람이라는 거 검찰청에서 모르는 사람이 있습니까?"

"마누라도 자꾸 저보고 못된 사람이라고 핀잔을 주죠."

"그런가요?"

최태민 회장의 눈이 반짝이고 있었다.

최태민 회장이 음식을 씹고 있는 윤경민의 얼굴을 빤히
바라보다가 입을 열었다.

"알아보니 윤부장은 아직 30평 아파트에서 살고 계시더
군요?"

윤경민이 최태민 회장의 앞에 놓인 술 주전자를 자신의
앞으로 당겨서 자신의 잔을 채우기 시작했다.

술을 따르면서 윤경민이 입을 열었다.

"개차반 같은 성격에 남들처럼 꼼수도 부리지 못하고 돈
버는 방법도 잘 몰라 아직 그렇게 살죠. 그 아파트도 마누
라가 알뜰살뜰 모아서 사놓은 겁니다. 하하. 얼마 전에 은
행대출금도 모두 갚았죠."

최태민 회장이 윤경민을 보며 부드럽게 입을 열었다.

"남자로 태어나서 그렇게 소박하게 살다가 가는 것은 허
무하지 않겠습니까? 적어도 자신이 죽고 없을 때 아내와
자식들에게 돈 때문에 고통 받게 하는 일은 없게 해놓고
떠나야죠. 사람의 인생이란 덧없어서 내일 일은 아무도 모
를 뿐 아니라 한치 앞도 모르니까 말입니다."

윤경민이 빙긋 웃으며 최태민 회장을 바라보았다.

"내 마누라는 그 좁은 아파트를 매일 쓸고 닦으며 삽니
다. 처음 그 아파트로 이사를 했을 때 마누라는 집이 넓어
서 좋다고 온종일 이 방 저 방 다니면서 이 방은 뭘 꾸미고,
저 방은 뭘 놓을지 종달새처럼 종알거렸지요. 나는 내 능

력으로 내 마누라와 딸에게 매일 아침 따뜻한 밥을 해 줄 수 있고, 학교와 학원을 보낼 수 있고 옷과 용돈을 주는 것으로 만족합니다. 그리고 저는 회장님 같은 사업하는 능력이 없어서 그냥 지랄 같은 검사질이나 하고 사는 것으로 만족합니다. 뭐 돈이야 많으면 좋지만 없으면 또 어떻습니까? 조금만 절약하고 조금만 줄여서 살면 되는 거지요."

아무렇지 않게 말하는 윤경민의 표정은 너무나 담담했다.

잠시 윤경민의 얼굴을 빤히 바라보던 최태민 회장이 자신의 옆에 놓아둔 무언가를 집어서 윤경민이 내려놓은 술잔의 옆에 조용히 내려놓았다.

순간 윤경민의 얼굴이 살짝 굳어졌다.

"이게 뭡니까?"

봉투를 집지도 않은 윤경민이었다.

최태민 회장이 조용히 입을 열었다.

"윤 부장에게 내 성의를 보이는 것이오."

"성의요? 혹시 영화표나 콘서트 표 같은 겁니까? 이왕 주시려면 요즘 우리 딸이 좋아하는 그 아이돌 그룹인데 예쁘장하게 생긴 남자아이들이 모여서 노래 부르고 춤추는 그룹이었는데… 그 이름이……."

윤경민이 자신의 머리를 살짝 긁적였다.

딸 다혜가 좋아하는 남자아이돌 그룹이 있었고, 그들의

이름까지 알고 있었지만 일부러 모른 척 하는 것이었다.

윤경민은 최태민 회장이 내민 봉투 속에 무엇이 들어 있을 것인지 이미 짐작하고 있었다.

장성영이 이곳 다미원으로 자신을 초대할 때부터 이미 이런 상황이 벌어지게 될 것이라고 짐작하고 있던 윤경민이다.

옆에서 조용히 술잔을 기울이며 두 사람의 대화를 방해하지 않고 있던 장성영 검사가 끼어들었다.

"선배님! 최 회장이 주시는 선물입니다. 한번 보시지요."

윤경민이 힐끗 장성영을 바라보았다.

"그래? 그럼 니가 가져."

윤경민이 장성영을 향해 최 회장이 건넨 봉투를 젓가락으로 가리켰다.

순간 장성영과 봉투를 건넨 최태민 회장의 얼굴이 굳어졌다.

윤경민이 입을 열었다.

"난 장 검사 자네가 술 한잔 하자고 해서 이곳에 왔고, 와서 보니 먼저오신 최 회장께서 식사를 하자고 해서 이 자리에 앉았어. 말 그대로 술 한잔하고 식사까지 하면 되는 것 아닌가?"

윤경민의 말에 장성영의 표정이 딱딱하게 굳어졌다.

"선배님!"

"내 귀 안 먹었어. 조용히 말해도 알아들어."

"그게 아니라……."

장성영이 난감한 표정을 지으며 최태민 회장을 바라보았다.

최태민 회장이 굳은 얼굴로 윤경민을 바라보며 입을 열었다.

"윤 부장에게 건넨 봉투의 안에는 서초동 한일리치타운 70평짜리 계약서가 들어 있소. 물론 그것으로 모자랄 것이지만 나중에 그에 상응하는 대가도 따로 치러드리지."

윤경민이 눈을 껌벅였다.

"한일리치타운이라고요? 아! 요즘 텔레비전에서도 그 아파트가 나오던데… 나 같은 검사 월급으로는 아예 그 아파트 화장실 하나도 사기 힘들 것 같던데 70평이라니, 과연 최 회장님은 돈을 참 많이 버시는 모양입니다. 뭐 저한테 이런 거 가지고 자랑하시려고 하는 것은 아닐 테고 자랑하신다고 하셔도 전 관심 없습니다. 지금 살고 있는 아파트만으로도 사는 데 아무런 문제가 없거든요."

"윤 부장!"

최태민 회장의 표정이 눈에 띄게 경직되고 있었다.

윤경민이 최태민 회장과 장성영을 보며 나직하게 입을 열었다.

"식사를 했고 술도 마셨습니다. 후배검사가 청하니 술자리를 가졌고, 생각지 않게 최 회장님을 만나 식사자리도 했지요. 이것이면 되었습니다. 그리고 여기 술값과 밥값이 얼만지는 모르지만 제가 먹은 것은 제가 나가서 계산하도록 하지요. 그리고……."

윤경민이 머리를 돌려 정성영을 바라보았다.

"앞으로 이런 비싼 곳으로 날 부르지 마라. 그리고 손님이 있다면 미리 말해주고… 알겠나?"

"서, 선배님!"

장성영이 놀란 듯 눈을 치켜떴다.

윤경민이 표정을 굳히며 최태민 회장을 향해 정중하게 이마를 숙였다.

"식사 감사하게 먹었습니다, 그럼."

"윤 부장!"

윤경민의 표정은 좀 전의 그 담담했던 표정과는 완전하게 달라져 있었다.

윤경민이 최태민 회장의 얼굴을 빤히 바라보며 입을 열었다.

"출석요구서는 받으셨죠? 그럼 나중에 청사에서 다시 뵙겠습니다."

꾸벅―

인사를 하고 윤경민이 그대로 자리에서 일어섰다.

아무도 그를 막지도 못했다.

다만 놀란 얼굴로 윤경민을 바라보았다.

윤경민이 차가운 시선으로 장서영의 얼굴을 쏘아본 후 방을 나섰다.

머뭇거리거나 망설이는 태도는 전혀 보이지 않는 윤경민이었다.

다미원의 카운터에서 식사대금을 물어보고 난후 난감해하는 다미원의 지배인에게 식사대금의 3분의 1을 나눠서 카드로 계산하고 다미원을 빠져 나갔다.

다미원을 나선 윤경민의 어금니가 꽈악 깨물리고 있었다.

"니미럴 고작 그것 먹고 한달치 용돈이 다 날아 가버렸네, 젠장!"

잇새로 나직하게 말하는 윤경민의 눈에 밤거리를 바쁘게 움직이고 있는 사람들의 모습이 들어왔다.

윤경민이 중얼거렸다.

"집 앞에 가서 마누라 불러내 꼼장어에 소주나 한잔하고 들어가야 할 것 같군. 입만 버렸어. 이럴 줄 알았으면 좀 더 먹고 나올걸 그랬나?"

윤경민은 다미원의 정갈한 음식이 다시 머릿속에서 떠오르고 있었다.

이미 술을 마실 것을 예상하고 있었기에 차는 가져오지

않았다.

　윤경민은 자신의 집 방향으로 가는 버스를 타기 위해서 걸음을 옮겼다.

　다미원의 술값으로 한달치 용돈이 날아가 버린 탓에 택시를 타기는 돈이 빠듯했기 때문이었다.

또 하나의 천능(天能)
―예지감(豫知感)

애애애애애앵—

삐뽀삐뽀삐뽀—

날카로운 119 구급차의 사이렌소리와 경찰차 소리가 요란하게 새벽을 깨우고 있었다.

한강고수부지의 원효대교 교각과 위쪽의 도로 사이에 누워있던 김동하가 눈을 떴다.

한강변의 풀밭에서 잠을 자지 않고 해동무의 비등연공을 이용해 간밤에 사람의 이목을 피해 이곳으로 날아올라왔다.

그 때문에 주변의 방해도 받지 않았고 사람들의 이목을

끌지 않고 편한 밤을 보낼 수 있었다.

몸을 일으킨 김동하의 눈에 희미하게 새벽이 밝아오고 있는 것이 보였다.

한강변의 물 위로 옅은 물안개가 떠올라 있었지만 사물을 분간하지 못할 정도는 아니었다.

김동하의 품에 안겨 잠들었던 포메라니안도 김동하가 몸을 일으키자 재빨리 몸을 일으켰다.

포메라니안의 머리맡에는 어제 이름 모를 노인이 남겨두고 간 과자부스러기들이 놓여 있었다.

김동하는 어제 초저녁에 만난 남녀로부터 건네받은 물을 포메라니안과 나눠 마신 후 아무것도 먹지 않았다.

그러다가 한밤중에 포메라니안이 물고 왔던 과자봉지를 한밤중에 포메라니안과 나눠먹었다.

과자의 맛은 생각보다 나쁘지 않았지만 김동하의 입맛에는 그다지 좋은 느낌이 아니었다.

덕분에 포메라니안이 대부분의 과자를 먹었지만 나중에는 강아지도 그다지 흥미를 느끼지 못한 것인지 잘 먹지 않았다.

김동하가 주변을 둘러보았다.

그가 머물고 있는 다리의 아래쪽으로 경광등을 번쩍이는 119 구급차와 경찰차의 모습이 보였다.

김동하가 눈을 껌벅이며 아래쪽을 바라보았다.

그때 누군가 말하는 소리가 들려왔다.

"현 시각 오전 5시 11분, 원효대교 남단에서 노들섬 방향으로 20m 정도 떨어진 곳에서 자살로 추정되는 익사체 발견. 나이는 70에서 80정도로 추정되는 남자임."

진황색의 119 소방대 구급대원의 복장을 입은 구급요원이 손에 들린 무전기를 들고 빠르게 말하고 있었다.

교각의 위쪽 공간에서 아래를 내려다보는 김동하의 눈에 119 구급대원들이 들것을 들고 다가오는 것이 보였다.

다리 아래 물 위에는 고무보트 두 대가 다가와 있었고 고무보트에 탄 사람들이 무언가를 건져내는 모습이 보였다.

그들이 건져내는 것은 시신 한 구였다.

시신은 엎드린 자세로 물에 완전히 잠겨있었고 등쪽만 물 위쪽으로 약간 드러난 상황이었다.

이내 시신이 보트 위로 올려지자 보트가 강변에 접안해서 119 구급대원들에게 시신을 인도했다.

들것을 가져온 119 구급대원들이 빠르게 시신을 옮겼다.

시신이 완전히 강변으로 올라오자 119 구급대원들은 재빨리 시신을 한쪽으로 옮겼다.

아직 시신을 가릴 천을 덮지 않았기에 물에 빠진 시신의 얼굴이 드러났다.

순간 김동하의 얼굴이 굳어졌다.

"저 사람은……."

김동하의 눈이 커지고 있었다.

창백한 얼굴로 꼭 눈을 감고 있는 시신은 어제 자신에게 다가와 말동무를 하며 술을 마시던 노인이었다.

한순간 김동하의 눈이 질끈 감겼다.

당장에 뛰어 내려가고 싶었다.

하지만 자신이 교각에서 내려가는 순간 자신이 이곳에 올라왔던 것을 들키게 될 것이다.

그때였다.

시신이 인양되자 출동한 경찰들이 시신의 품을 뒤졌고 이내 무언가를 찾아냈다.

노인의 신분증이 든 지갑과 작은 비닐봉지였다.

경찰들이 수첩과 비닐봉지를 뒤지기 시작했다.

비닐봉지를 열어본 경찰이 무언가를 발견한 듯 소리쳤다.

"이것 유서같은데?"

"그럼 자살이 확실한 거네?"

경찰 한 명이 노인의 시신에서 발견한 잘 접힌 비닐봉지에 담긴 종이 한 장을 펼쳐들었다.

비닐봉지에는 한 개의 통장과 도장 그리고 편지가 들어 있었다.

위쪽에서 내려다보던 김동하의 얼굴은 돌덩이처럼 굳어

졌다.

어제 자신에게 말을 건네던 노인이 이미 자신을 만나기 전부터 죽을 결심을 하고 있었다는 것을 그제야 느낀 것이었다.

죽기 전에 아내를 뿌린 곳을 찾아와 김동하를 만난 것이었다.

경찰이 유서를 확인하고 있었다.

다른 경찰 한 명은 노인의 지갑에서 신분증을 찾아냈다.

경찰이 손에 들린 무전기를 이용해서 어디론가 무전을 하고 있었다.

"자살로 추정되는 투신자의 신분확인 바람. 이름 김영진. 나이 76세. 주소는 서울 영등포구 대방동……."

빠르게 말하는 경찰의 목소리가 김동하의 귀에 아스라하게 들려왔다.

그때 비닐봉지를 확인한 경찰이 입을 열었다.

"유서가 확실한데?"

"신분조회 했으니 연고자 확인되면 그때 유서와 유품도 넘겨주도록 하지."

유서를 찾아낸 경찰이 나직하게 중얼거렸다.

"유서치고는 너무 간단한데?"

다른 경찰이 물었다.

"뭐라고 적었는데?"

"모두 주었으니 남은 것도 없습니다. 소박하지만 통장 속의 돈은 제 시신을 화장하는 데 사용해 주십시오. 그리고 제 유골은 한남대교 아래에 뿌려 주십시오. 먼저 간 아내가 그곳에 있습니다. 김영진."

유서의 내용이 너무 간단했기에 다른 경찰이 자신의 눈으로 유서의 내용을 다시 확인했다.

하지만 유서를 읽어준 경찰의 말과 똑같은 내용이 적혀 있었다.

경찰이 낮게 중얼거렸다.

"연고자도 없는 독거노인이었어? 쯧."

다른 경찰도 혀를 찼다.

"뭐 무연고 독거노인이 한 둘이야? 그렇다고 해도 이런 극단적인 방법을 선택하다니…….."

간혹 한강에 투신한 사람들의 시신이 떠오를 때면 연고자가 없는 시신들도 흔치않게 발견되었다.

유서를 확인한 경찰이 한남대교를 힐끗 바라보았다.

"이곳에 부인을 뿌린 모양이군. 근데 한강에 유골을 뿌리는 것은 범법이라는 것을 이분은 모르고 있었던 것 같은데…….."

"마지막 소원인데 들어주지 못할 것 같네."

"허참!"

경찰들이 안타까운 시선으로 한쪽에 놓인 시신을 바라보

았다.

이제 시신은 하얀 천으로 덮여 있었다.

그때 경찰들의 곁으로 다가온 119 구급대원이 입을 열었다.

"시신을 연고병원으로 이송하도록 하겠습니다. 이미 사망 확인했으니 곧장 영안실로 보낼 겁니다."

경찰이 물었다.

"어느 병원입니까?"

한강에서 인양한 시신이 어느 병원으로 가는 것인지 경찰은 알아야 했다.

119 구급대원이 대답했다.

"조성종합병원과 영진병원, 대영병원의 영안실은 이미 안치공간이 없다고 연락이 와서 세영대학 병원 영안실로 보낼 것입니다."

"알겠습니다."

다리 위의 난간에서 경찰들과 119 구급대원들의 대화를 들은 김동하의 눈이 반짝였다.

"세영대학 병원…? 그곳은 어디지?"

500년의 세월을 건너와 아무런 연고자도 없던 자신에게 처음으로 호의롭게 인연을 맺어준 노인이었다.

그런 노인이 스스로 생을 끊는 극단적인 선택을 하기 전, 마지막으로 자신과 인연을 맺었다는 것이 마음에 걸리는 김동하였다.

이내 노인의 시신이 경광등을 밝힌 119 구급차에 실려 한강변을 떠났다.

새벽에 산책을 나온 일부 산책객들이 주변에 모여들었다.

"또 자살한 사람이 떠오른 모양인데?"

"쯧! 어쩌누?"

"힘들어도 살아야지, 어떻게 이런 안타까운 선택을 하는 것인지……."

사람들은 누군가 죽었다는 것에 안타까운 표정을 떠올리고 있었다.

119 구급대가 떠나고 경찰차까지 떠났다.

한강변에 떠있던 고무보트까지 모두 떠나자 이내 다시 강변에는 고요한 새벽의 평화로움이 자리를 찾고 있었다.

시신이 놓여 있던 곳에 떨어진 물도 해가 뜨기 전에 말라 버려 이제는 이곳에 시신이 있었다는 흔적조차 없어질 것이다.

산책을 나왔던 사람들도 이내 다시 조용한 강변길을 따라 걸음을 옮겼다.

김동하가 상황을 지켜보다가 주변에 사람이 없다는 것을 확인하고 재빨리 다리 위의 교각에서 내려왔다.

해동무의 근원인 무량기는 천공불진의 문을 통과하며 오

히려 예전보다 더 강해진 느낌이었다.

엉겁결에 만나게 된 한서영과 헤어져 인왕산에서 머물며 해동무를 수련할 때부터 느낀 무량기의 진력은 천공불진에 들기 전과 비교해서 두어 단계를 뛰어넘어버린 느낌까지 들었다.

그 때문에 김동하는 추위도 느끼지 않았고 더위도 느끼지 않는, 그야말로 한서불침의 단계까지 올라버렸다.

무량기의 최절정은 탈신(脫身)이다.

말 그대로 몸의 제약을 벗어버리는 것으로 무량기를 처음 완성한 무허선사의 상상 속에서 인간의 한계를 넘어 부처의 경지에 든다고 하여 가설된 경지였다.

실제로 탈신의 경지까지 무량기를 완성한 사람은 단 한 사람도 없었다.

무량기를 창안했던 무허선사 역시 탈신의 경지에는 오르지 못했다.

하지만 이미 김동하가 인간의 한계를 넘었다고 하는 한서불침의 경지에 오른 것은 해동무를 전수해준 스승 해원스님과 사숙 해인스님도 상상조차 하지 못했을 것이었다.

모든 게 천공불진과 김동하의 몸을 가득 채우고 있던 무량기로 인한 천운이라고 할 수밖에 없었다.

김동하는 품속에 포메라니안을 안고 다시 한강변으로 돌아왔다.

그 누구도 김동하가 원효대교의 교각 아래에서 뛰어 내렸다는 것을 알 수 없을 것이다.

올라갈 방법도 없었고 그 높은 곳에서 뛰어내릴 사람은 더더욱 없었다.

아래로 내려온 김동하는 한동안 그 자리에서 노인의 시신이 있던 자리를 명한 표정으로 바라보고 있었다.

김동하의 눈빛이 흔들리고 있었다.

"무엇이 어르신을 그런 길로 가게 만든 것인지 궁금하군요."

천능을 이용해 노인을 살려내는 것은 어렵지 않은 일이지만 그런 모습을 다른 사람에게 보이게 하고 싶지는 않았다.

또한 노인이 스스로 그런 길을 선택한 것이라면 천능을 이용해 다시 생을 돌려준다고 해도 또다시 그 길을 선택할 수도 있는 일이었다.

그것은 김동하로서도 무척 난감한 일이었다.

매번 노인을 찾아가서 살려줄 수는 없는 일이었기 때문이다.

김동하가 잠시 눈을 깜박이며 노인이 누워있던 자리를 바라보다 몸을 돌렸다.

"이곳은 다신 돌아오고 싶지 않은 곳이구나."

김동하가 천천히 한강을 벗어났다.

새벽이 밝아오면서 한강 물 위에 번져올라오던 물안개가 조금씩 짙어지고 있었다.

물의 냉기와 대기의 열기가 만나면서 저절로 만들어지는 물안개였다.

물안개가 짙은 날의 날씨는 찌는 듯이 더웠다.

한강변의 고수부지를 떠나는 김동하의 등 뒤로 점점 물안개의 농도가 짙어지고 있었다.

그것은 오늘의 날씨가 어제보다 훨씬 더울 것이라는 것을 예고하고 있었다.

* * *

일요일의 거리는 김동하가 예상하지 못했을 정도로 한산했다.

거리에는 사람들의 인적이 뜸할 정도였고 거리를 지나는 쇠틀(자동차)의 숫자도 현저하게 줄어들어 있었다.

김동하는 차량이 많이 통행하는 넓은 대로보다 좁은 길을 선택해서 발걸음을 옮겼다.

이른 아침이었기에 거리에 사람이 뜸했지만 김동하는 상관하지 않았다.

누구든 이 새벽에 사람을 만나면 그 사람에게 물어볼 생각이었다.

때마침 김동하의 맞은편에서 작업복 차림의 40대 사내가 김동하 쪽으로 걸어오고 있었다.

어깨에 작은 가방 하나를 걸친 간편한 차림의 남자였다.

그 사람은 자신과 마주보고 걸어오는 김동하를 보며 멈칫했다가 이내 걸음을 옮기고 있었다.

40대 남자가 가까이오자 김동하가 남자에게 다가서며 정중하게 물었다.

"초면에 죄송하오나 길을 좀 물어도 되겠습니까?"

남자는 이른 새벽부터 자신에게 말을 걸어오는 거지를 보며 이마를 와락 좁혔다.

"뭐요?"

아침 출근길에 처음으로 마주친 사람이 거지라는 사실에 남자의 표정은 밝지 못했다.

공사일정에 쫓겨 쉬어야 하는 일요일임에도 어쩔 수 없이 성동구의 아파트 공사현장으로 출근하는 그의 얼굴은 잔뜩 찌푸려져 있었다.

작업반장이 사정을 하지 않았다면 나가지도 않았을 것이지만 그 역시 공사 일정이 빠듯하다는 것을 알고 있기에 어쩔 수 없이 출근하는 길이다.

자신이 맡고 있는 공정이 완료되어야 다른 파트의 공정이 시작할 수 있었기에 어쩔 수가 없었다.

작업반장이 차를 가지고 태우러 오기에 큰길까지는 나가

야 했기에 시간에 맞추어 출근하는 길이었다.

사내가 김동하를 바라보았다.

김동하가 사내의 얼굴이 찌푸려진 것을 보며 한걸음 물러서서 다시 정중하게 입을 열었다.

"저의 꼴이 초라하여 괜히 심기를 건드린 것 같아 송구합니다."

다시 정중하게 인사를 하는 김동하를 보며 사내가 눈을 껌벅였다.

이른 아침부터 거지가 자신에게 돈이라도 요구할 것이라고 생각했지만 전혀 그런 것이 아니었다.

사내가 눈을 껌벅이자 김동하가 물었다.

"혹시 세영대학 병원이라는 곳으로 가려면 어디로 가야 하는지요?"

"뭐요?"

40대의 남자가 눈을 껌벅였다.

김동하가 다시 정중하게 물었다.

"소생이 아둔하여 이곳 한양, 아니 서울의 길을 잘 모릅니다. 하여 초면임에도 이렇게 무례함을 범했습니다."

40대의 남자가 눈을 껌벅이며 물었다.

"지금 세영대학 병원이 어딘지 묻는 거요?"

"예."

김동하가 다시 정중하게 대답하자 40대의 남자가 다소

놀란 표정을 지었다.

하지만 이내 자신에게 돈을 구걸하거나 귀찮게 굴려는 것이 아니라는 것을 알자 바로 대답했다.

"세영대학 병원은 현충원 옆 보문사 근처에 있는 병원인데… 큰길로 나가서 흑석동 방향으로 가면 될 겁니다."

"죄송하오나 흑석동이라면 어디를 말씀하시는 것이온지?"

김동하가 다시 물어오자 40대의 남자가 잠시 눈을 껌벅이다가 입을 열었다.

"큰길로 나가 무조건 동작대교방향으로 가시면 됩니다."

김동하가 눈을 껌벅였다.

잠시 무언가를 생각하던 김동하가 물었다.

"동작대교라면 한수, 아니 한강을 건너는 다리의 이름을 말하는 것입니까?"

김동하의 물음에 40대의 남자가 이상하다는 얼굴로 김동하를 보았다.

"당신 심심산골에서 온 거요? 아니면 북한에서 넘어왔습니까?"

"북한이요?"

"아니 내가 괜한 말을 한 거요. 동작대교는 한강대교 다음번 다리를 말하는 겁니다. 당신 말대로 한강을 건너는

다리 중 하나요."

김동하가 그제야 사내의 말을 알아들었다는 듯 머리를 숙였다.

"아! 알겠습니다. 이른 아침에 귀찮게 해서 죄송하오나 정중한 답변에 감사드립니다."

꾸벅―

인사를 하는 김동하에게 40대의 남자는 자신도 모르게 마주 인사했다.

하지만 거지가 무척 예의가 밝다는 것이 의외라 마주 인사를 하며 잠시 멍한 표정을 지었다.

걸음걸이라면 자신이 있는 김동하였다.

과거와는 달리 사람의 이목이 많아서 해동무의 비등연공을 전력으로 펼치긴 어렵지만 약간의 비등연공을 펼쳐서 걷는 걸음이라면 사람의 이목을 끌지 않고 쉽게 동작대교라는 곳을 찾아갈 수 있을 것이었다.

그곳에서 다시 누군가에게 자세한 세영대학 병원의 위치를 물어보면 될 것이다.

김동하가 인사를 하고 몸을 돌리자 40대의 남자는 그쪽 방향이 아니라고 말하려다 말을 거두었다.

김동하와 말을 나누는 것이 길어질 수도 있었고 또다시 무언가를 설명해야 하는 귀찮은 일이 생길 수도 있다는 생각이 들었다.

더구나 김동하가 가는 방향도 흑석동으로 갈 수 있는 방향이니 틀린 방향도 아니었다.

다만, 그쪽으로 가는 교통편이 있는지 그것은 자신할 수가 없었다.

사내가 방향을 돌려 이내 자신이 가야하는 방향으로 걸음을 옮겼다.

오전 5시 56분.

김동하가 한남대교의 고수부지를 떠난 지 1시간 정도가 흘렀다.

아직 이른 새벽이었고 거리는 한산했다.

김동하는 하늘을 찌를 듯 솟아오른 아파트의 사이를 지나고 있었다.

대방동에 위치한 태양로열빌리지라는 아파트였다.

애초에는 아파트의 입구에 경비원들이 상주하고 있어서 입주민이 아닌 외부인들이 단지 안으로 들어갈 수 없는 제한이 걸려 있었다.

하지만 인적이 드문 한산한 길을 택해 간간히 비등연공을 펼쳐 이동하고 있는 김동하에게 아파트 단지를 통과하는 것은 길을 단축하는 지름길과 같았다.

때마침 부지런한 아파트의 경비원이 김동하가 아파트를 통과하는 시간에 주변청소를 하고 있었기에 쉽게 들어올

수 있었다.

 품속에 안긴 포메라니안은 김동하의 걸음걸이가 편한 것인지 작은 체구를 웅크리고 김동하의 품에 안겨 스쳐가는 아파트의 풍경을 바라보고 있었다.

 아직 이른 새벽이었기에 아파트의 단지주변은 무척 조용했다.

 김동하가 하늘을 찌를 듯 솟아 있는 아파트의 단지를 올려다보며 나직하게 중얼거렸다.

 "참으로 묘하구나. 어찌 이렇게 상자같은 공간에서 살아갈 수 있는 것인지… 더구나 이 건물 하나에 예전의 한 마을에 살고 있는 사람들보다 더 많은 사람들이 모여서 살고 있다니. 참으로 500년이라는 세월이 너무나 많은 것들을 변하게 만들었다는 생각이 드는구나."

 혼자서 중얼거리던 김동하의 머릿속에 자신과 처음으로 만났던 한서영의 얼굴이 떠올랐고 그녀 역시 이런 아파트에 살고 있다는 것이 새삼 기억이 났다.

 "훗! 그 처자는 잘 지내고 있는지 모르겠구나. 서로가 민망한 모습으로 첫 대면을 하였으니 잊을 리는 없을 것이지만, 혹여 다시 만난다면 그때의 황당함을 재차 떠올리게 될 것인데 아무래도 재회는 피해야 할 것이다, 후후."

 김동하가 자신도 모르게 한서영과의 민망했던 첫 만남을 떠올리다가 살짝 얼굴을 붉혔다.

그로서는 죽을 때까지 잊을 수 없는 기억이었다.

하긴 김동하로서는 태어나서 처음으로 여자의 나신을 본 것이기에 그때의 충격은 그야말로 머릿속에 새겨질 정도로 충격적이었다.

김동하가 막 태양로열빌리지 108동을 스쳐갈 때였다.

찌리리리리릿—

김동하의 가슴에서 날카로운 감각이 느껴졌다.

"헛! 이건……."

가슴 내부에서 김동하의 신체에 이상신호를 보내는 것 같았다.

통증도 아니고 외부에서 무언가에 타격을 받은 충격도 아니었다.

단지 기묘한 감각이었다.

김동하가 걸음을 멈추었다.

"이게 무슨 일인가? 어제부터 이런 기묘한 감각이 느껴지다니."

고개를 갸웃한 김동하가 잠시 주변을 둘러보았다.

아무도 보이지 않는 아파트의 단지 풍경이었다.

아파트의 위쪽을 올려보아도 김동하의 눈에는 아파트 건물들의 모습만 보일뿐 아무것도 없었다.

머리를 살짝 흔든 김동하가 걸음을 옮겼다.

하지만 그런 김동하와는 달리 누군가 그를 말없이 바라

보고 있었다.

짧은 단발머리의 15세 정도 보이는 어린 여학생이었다.

여학생은 108동 24층에 위치한 작은 아파트의 창을 통해 아래를 내려다보고 있었다.

방 안 책상 위에는 스탠드의 불이 밝혀져 있었지만 약간 어두운 느낌이었다.

책상 위에는 어린 여학생이 적다 만 것으로 보이는 편지와 노트.

그리고 여학생이 사용하는 전화기와 여러 장의 사진들이 보였다.

한동안 아파트의 창밖을 내려다보던 여학생이 고개를 돌렸다.

꼭 닫힌 여학생의 방 문이 보였다.

여학생의 큰 눈에서 눈물이 후드득 쏟아져 내렸다.

"엄마 미안! 아빠 미안해."

속삭이듯 말하는 여학생의 볼을 타고 눈물이 흘러내리며 발등에 떨어져 내렸다.

톡… 톡…….

흘러내린 눈물은 여학생의 발 위에 작은 흔적을 만들고 있었지만 여학생은 전혀 느끼지 못하는 모양이었다.

여학생은 벽에 걸린 자신의 교복을 잠시 바라보다가 이내 그것을 걸치기 시작했다.

일요일이었기에 학교에 등교하지 않아도 되었지만 꼼꼼하게 모두 교복을 갖추어 입었다.

여학생의 가슴에 달린 명찰에 '최은지'라는 이름이 선명하게 보이고 있었다.

교복을 모두 입은 최은지라는 여학생은 잠시 자신의 방을 둘러보았다.

마치 생기를 잃어버린 듯 허망해 보이는 시선이었다.

마지막으로 자신의 책상을 바라보았다.

여학생의 표정이 천천히 굳어지고 있었다.

"하늘나라에 가서도 너희들은 절대로 용서하지 않을 거야. 이런 선택을 하게 만든 너희들 모두, 나중에 꼭 나중에 나처럼 고통 받기를 바랄거야."

속삭이듯 말하는 여학생이 창쪽으로 몸을 돌렸다.

스르르륵—

문을 열자 한쪽으로 문이 밀려났다.

자신의 방이었기에 베란다로 굳이 나갈 필요는 없었다.

문이 완전히 열리자 여학생이 몸을 창쪽으로 밀어올렸다.

이제 두 손만 창틀을 잡고 있는 모습이었고 상반신은 창밖으로 이미 빠져 나와 있었다.

힐끗 뒤를 한번 돌아본 여학생이 눈을 꼭 감았다.

스륵—

152

파라라라라락—

여학생의 몸이 허공으로 떠오른 순간 여학생의 머리칼과 치맛자락이 바람에 흩날렸다.

이내 여학생의 몸이 빠르게 아래로 떨어져 내렸다.

털썩—

작은 충격음만 한번 들린 후 이내 다시 아파트는 정적에 빠져 들었다.

한여름의 일요일 새벽. 6시가 채 되지 않는 이른 시간이었다.

이후 아파트 단지가 발칵 뒤집어진 것은 10여분이 흐른 뒤였고 김동하는 이미 아파트 단지를 빠져 나간 이후였다.

* * *

"뭐예요?"

일요일 오전 당직의사의 진료일지를 정리하던 한서영의 등을 누군가 툭 건드렸다.

고개를 돌린 한서영의 눈에 선배 최태영의 모습이 보였다.

최태영이 한서영을 내려다보며 입을 열었다.

"한강에서 인양된 시신이 들어왔어. 가서 검안하고 시신 인수해."

최대영의 말에 한서영이 눈을 치켜떴다.

"뭐라고요?"

시신을 인수하는 것은 영안실의 담당이 해야 할 일이었다.

전문의의 자격을 따내기 위해서 아무리 병원에서 막노동 같은 일을 해야 하는 인턴이라고 하지만 자살한 시신을 인수하는 일은 있지도 않았던 일이었다.

최태영이 눈을 찌푸렸다.

"하기 싫어?"

한서영이 물었다.

"내가 왜 시신을 인수해야 하는데요?"

최태영이 대답했다.

"내가 시키니까."

"이런……."

한서영의 미간이 와락 좁혀졌다.

쪼잔하기로 친다면 밴댕이 소갈딱지보다 작은 최태영의 심보라는 생각이 들었다.

한서영이 최태영을 바라보며 이를 악물었다.

"방탄에다 좁쌀이네."

"뭐?"

"선배 똥 굵다고요. 시X, 아주 굵어서 똥구멍이 찢어지겠네?"

한서영의 쌀쌀맞은 태도에 최태영이 은색의 안경을 고쳐 썼다.

"하기 싫으면 안 해도 돼."

최태영의 표정이 굳어졌다.

한서영이 정리하고 있던 진료일지를 덮고 일어섰다.

"하지요. 뭐 자살해서 죽은 시체 한두 번 보는 것도 아닌데…….."

한서영의 차가운 태도에 최태영이 입을 열었다.

"넌 나한테 왜 그렇게 도도하게 굴어?"

"선배는 왜 나 못 잡아먹어서 그래요?"

단 한마디도 지지 않는 한서영이었다.

최태영이 잠시 한서영을 바라보다가 입을 열었다.

"너 나한테 좀 고분고분해질 수 없니?"

한서영이 최태영을 바라보았다.

"내가 선배한테 왜 고분고분 해야 하나요?"

최태영이 이를 악물었다.

"그건 네가 덜렁대고 버릇없게 구니까…….."

최태영의 말을 가로막고 한서영이 싸늘한 목소리로 입을 열었다.

"내가 버릇없는 것이 선배랑 무슨 상관인가요? 내 버릇은 우리 부모님이 걱정해야 되는 거 아닌가요?"

한서영은 단 한 마디도 최태영에게 지지 않았다.

오히려 더 당당하게 따지고 드는 느낌이었다.

최태영이 이마를 좁힌채 한서영을 쏘아보며 입을 열었다.

"전문의 되기 싫은 모양이군?"

한서영이 마주 쏘아보며 대답했다.

"선배가 면허 주나요? 실력으로 전문의 자격 따는 게 아니었나요?"

"네 실력으로는 어림없을 걸?"

최태영이 빈정거리듯 말했다.

한서영이 차갑게 웃으며 대답했다.

"내가 뭐 모자란 거 있었나요? 바이탈측정, 정맥채혈, 혈액배양, 혈액도말검사, 혈당검사, 요검사, 심전도체크, 정맥주사, 요로도자, 관장, 드레싱, 비위관삽입 등 한 가지라도 모자란 게 있었나요? 더구나 선배도 잘 못하는 내시경이나 수면내시경, gastroscopy(위내시경), colonoscopy(대장내시경)는 치프 수준인 선배보다 더 잘할 걸요?"

한서영의 말에 최태영의 얼굴이 시뻘겋게 달아올랐다.

한서영이 최태영의 얼굴을 쏘아보며 입을 열었다.

"그럼 전 선배가 지시한대로 시신 검안 확인하고 인수하러 갑니다."

차갑게 말하고 돌아서는 한서영의 몸에서 얼음처럼 차가

운 냉기가 흐르고 있었다.

한서영의 뒷모습을 바라보는 최태영의 얼굴이 일그러졌다.

한서영의 도도한 고집을 꺾어서 자신에게 순종적인 여자로 만들려고 했던 자신의 계산이 너무나 완벽하게 어긋나고 있다는 것이 화가 났다.

한서영이 방을 나가자 최태영이 중얼거렸다.

"저게 내가 저한테 관심 있다는 걸 알면서 저러는 것인가?"

만약 한서영이 자신의 마음을 알고 하는 짓이라면 오히려 자신이 한서영의 손아귀에 잡힌 꼴이라고 할 수 있을 것이었다.

최태영이 고개를 갸웃하며 한서영이 나간 방문을 물끄러미 바라보았다.

그러다 한서영이 한강에서 인양한 시신을 인수하려 갈 필요가 없다는 것을 알려야 하는 것이 머리에 퍼뜩 떠올랐다.

"야! 한서영."

최태영이 버럭 소리를 지르며 문밖으로 나갔다.

최태영이 급하게 한서영을 찾았지만 이미 한서영은 모습을 감추고 없었다.

영안실로 간 것이었다.

"빌어먹을…….."

영안실은 옆 병동이다.

또한 영안실은 최태영이 싫어하는 곳이었고 인턴시절에도 잘 가려고 하지 않았던 곳이기도 했다.

"젠장. 도도함과 스피드까지 고루 갖추고 있었네?"

최태영이 허탈한 표정으로 복도를 바라보다가 몸을 돌렸다.

차갑고 냉정한 태도로 일관했던 한서영에 대한 접근의 방식을 변경해야 한다는 생각이 최태영의 머릿속에 가득했다.

그때였다.

막 자신의 자리인 응급실로 돌아가려던 최태영이 긴 복도의 창으로 시선을 돌리는 순간 그의 눈에 세영대학 병원의 정문쪽으로 경광등을 울리며 빠르게 들어서고 있는 119 구급대의 차량이 보였다.

7시가 갓 넘은 이른 시간에 119 구급차가 병원으로 들어서는 것은 흔치않은 일이었다.

최태영이 빠르게 계단을 향해 달려 내려갔다.

삐뽀삐뽀삐뽀—

최태영의 귀에 누군가의 목숨이 걸린 절박한 외침소리처럼 들리는 구급차 경보음이 평화로운 일요일 아침의 정적을 날려버리는 느낌으로 들려오고 있었다.

"인수완료 되었다고요?"

한서영이 놀란 얼굴로 눈을 껌벅이며 영안실 담당자를 바라보았다.

영안실 담당자가 웃으면서 대답했다.

"물론입니다. 조금 전에 검안판정 마치고 인수되었습니다. 지금 냉동 캐비넷에 안치되었는데요? 확인해 보시겠습니까?"

"아, 아니에요."

한서영은 최태영의 장난질에 헛걸음을 했다는 걸 깨닫고 살짝 약이 오른 표정이었다.

"방탄에다 좁쌀영감처럼 심보도 뒤틀렸어. 망할 자식!"

약이 오른 듯 투덜거리는 한서영의 이마에 살짝 주름살이 생겨나고 있었다.

영안실은 세영대학 병원의 본 병동의 뒤쪽 병동이다.

이곳까지 헛걸음 하게 만든 최태영이 미워서 할 수만 있다면 그의 머리통을 한 대 갈겨주고 싶은 마음까지 들었다.

"내 팔자에 어디서 저런 웬수같은 게 나타나서……."

혼자서 중얼거리던 한서영이 이내 본동을 향해 발걸음을 옮겼다.

그런 한서영의 귀로 병원으로 들어서는 119 구급차의 사이렌 소리가 요란하게 들려왔다.

한서영이 중얼거렸다.

"응급실이 바빠질 것 같네?"

자신은 다행히 오늘은 응급실 담당이 아니었다.

인턴으로 응급실을 담당할 경우 드레싱을 해주거나 정맥주사를 놓는 간단한 일을 하는 것이 전부이지만 그것도 주취자나 난폭한 환자들이 들어올 경우 난감한 상황에 처해지는 일이 허다했다.

어쩔 때는 정신 나간 미친 환자들이 간호사나 어린 여자 인턴을 희롱하는 경우도 있었기에 한서영으로서는 응급실 근무가 얼마나 피곤한 일인지 너무나 잘 알고 있었다.

본관쪽으로 발걸음을 옮기던 한서영이 우뚝 발걸음을 멈추었다.

그녀는 병원의 주차장 앞쪽 플라스틱으로 만들어진 벤치에 시선을 고정했다.

아무도 없는 주차장 옆 벤치에 한 사람이 앉아 있었다.

한서영의 눈이 커지고 있었다.

"저, 저 사람……."

한서영의 눈에 들어온 것은 벤치에 앉아서 무언가 생각하고 있는 한명의 거지꼴을 한 사내였다.

바로 김동하였다.

"그게 뭐였지? 어제 그 어르신과 있을 때에도 그런 감각이 느껴졌는데 이곳으로 오는 도중에도 느껴졌어."

김동하는 세영대학 병원에 도착해서 어제 자신과 만난 노인이 안치된 영안실의 앞쪽 주차장 한쪽 벤치에 앉아 있었다.

노인의 시신이 안치된 영안실로 막무가내로 들어갈 수 없다는 것과 영안실을 지키고 있는 사람들이 있다는 것을 알게 되자 어찌해야 할지 고민하고 있었다.

더구나 이곳에 도착하는 순간, 새벽에 이곳으로 오는 도중에 느껴졌던 감각들이 거의 10분 간격으로 세 번이나 느껴지고 있었다.

김동하의 품에 안긴 포메라니안이 김동하의 얼굴을 올려다보며 꼬리를 흔들었다.

김동하는 자신도 모르게 포메라니안의 털을 가만히 쓰다듬고 있었다.

포메라니안은 그런 김동하의 손길이 좋은지 연신 꼬리를 흔들었다.

그때였다.

찌르르르르르르르—

다시 한번 그 의문의 감각이 또다시 찾아왔다.

김동하의 얼굴이 굳어졌다.

"또……?"

김동하의 얼굴이 굳어지는 순간 누군가 김동하의 앞으로 다가서고 있었다.

"저, 여보세요."

살짝 떨리는 여자의 목소리였다.

김동하가 고개를 들어올렸다.

순간 하얀색의 가운을 입은 늘씬한 체구의 여인이 약간 놀란 눈으로 자신을 바라보고 있는 것이 보였다.

김동하가 황급히 일어섰다.

"아! 죄송합니다."

김동하는 이곳에 사람이 앉으면 안 되는 것이라고 생각해서 다른 곳으로 이동하려고 했다.

그런 김동하의 귀로 다시 여자의 음성이 들렸다.

"이곳엔 어쩐 일이에요?"

순간 김동하가 여자의 얼굴을 바라보았다.

김동하의 표정이 굳어졌다.

"나, 낭자!"

김동하의 눈에 들어온 것은 김동하가 죽을 때까지 잊을 수 없는 여인, 바로 한서영이었다.

한서영은 너무나 초라한 모습으로 변한 김동하를 보며

놀란 듯 눈을 껌벅였다.

"낭자라니… 참 사극을 많이 좋아하시나 보네요?"

한서영은 김동하가 자신을 또다시 '낭자'라는 호칭으로 부르자 어이가 없다는 표정을 지었다.

그리고 김동하의 품에 안긴 포메라니안을 바라보았다.

"못 보던 사이에 개도 한 마리 생겼네요?"

김동하가 자신의 품에 안긴 포메라니안을 내려다보며 입을 열었다.

"쇠틀에 치여 죽어가는 이놈을 살려주었더니 그때부터 나에게서 떨어지려 하질 않는구려."

한서영이 미간을 좁혔다.

"쇠틀?"

김동하가 대답했다.

"길에 굴러다니는 것들 말이오. 안에 사람이 타고 있었소."

"아! 자동차를 말하는 거네요."

한서영이 김동하의 품에 안긴 포메라니안을 쓰다듬으려다 김동하의 몰골이 거지꼴이고 강아지마저 털이 지저분한 느낌에 그냥 만지지 않았다.

김동하가 물었다.

"근데 낭자는 여기에 무슨 일로……."

김동하는 한서영이 세영대학 병원의 인턴이며 의사라는

것은 꿈에도 짐작하지 못했다.

한서영이 뒤를 힐끗 보면서 입을 열었다.

"여긴 제가 일하는 곳이에요."

"일을 한다고 하셨소?"

김동하는 한서영처럼 아름다운 규수가 이렇게 큰 곳에서 일을 한다는 것이 놀라웠다.

김동하에게 여자란 바깥출입을 삼가고 집안일을 하거나 훗날을 위해 규방처자로서의 혼인 후 예법 등을 배우는 것으로만 알고 있었다.

하지만 500년이라는 세월이 흐른 뒤엔 과거와 달리 여자들도 개방적이라는 걸 깨달았다.

하지만 이렇게 큰 곳에서 일도 한다는 것이 놀랍기만 했다.

한서영은 김동하가 놀라는 것을 보며 입을 열었다.

"네, 그쪽이 보기에는 어떨지 모르지만 적어도 이곳에서 전 의사예요. 비록 인턴이긴 하지만."

"의사? 인턴?"

김동하는 한서영의 말이 잠시 이해가 되지 않았다.

한서영이 살짝 웃으며 머리를 끄덕였다.

"맞아요."

김동하가 물었다.

"여긴 뭐하는 곳이오?"

상당히 넓은 곳에 높은 건물들이 가득 세워져 있었고 간혹 흰색의 아파보이는 병자들의 모습도 보였기에 김동하가 물었다.

한서영이 대답했다.

"병원이에요. 병원이 뭔지 몰라요?"

"병원이라고 하셨소?"

"네. 아픈 사람들이 치료를 하러 오는 곳이란 말이에요."

김동하의 미간이 좁혀졌다.

"그, 그럼 내의원이나 혜민서 같은 곳이오?"

한서영이 살짝 놀란 표정을 지었다.

"내의원과 혜민서라고 했어요?"

내의원은 조선시대 궁중에서 왕실의 의약을 담당하던 곳이다.

또한 혜민서는 가난한 조선시대의 병자들을 구호하기 위해서 왕실에서 만든 왕실의료기관이다.

그것은 한서영도 알고 있었다.

한서영이 김동하를 보며 물었다.

"정말 그쪽은 뭐하는 사람이에요?"

한서영은 김동하가 과거 조선시대에 사용하던 말투를 쓰는 것과 그의 표정이 전혀 장난을 치는 게 아니란 것을 느끼며 표정이 굳어졌다.

김동하는 이곳이 내의원이나 혜민서같은 병자들을 치료

하는 곳이라는 말에 새삼스런 얼굴로 주변을 둘러보았다.

그때 또다시 김동하의 가슴이 찌르르 울렸다.

순간 김동하의 눈이 번득였다.

"이 감각이 혹시……."

김동하가 한서영을 보며 물었다.

"혹시 이곳에서 사람들이 많이 죽기도 하오?"

한서영이 눈을 껌벅이다 대답했다.

"물론이에요. 병이 깊은 사람이나 회생이 불가능할 만큼 크게 다친 사람이면 수술을 해도 죽는 것은 어쩔 수 없어요."

한순간 김동하의 눈이 질끈 감겼다.

"그랬구나."

김동하는 자신의 가슴이 찌르르 울리는 그 기묘한 감각이 사람이 죽음에 임박할 때 자신만이 느낄 수 있는 또 다른 권능이라는 것을 직감했다.

예전에는 없었던 감각이었다.

하지만 천공불진을 열고 이곳으로 오면서 생겨난 또 다른 능력이었다.

김동하는 자신의 천능이 어디까지 진화할지 두렵다는 생각까지 들었다.

한서영은 혼잣말로 중얼거리는 김동하를 보며 물었다.

"뭐가 그렇단 말이에요?"

김동하가 대답했다.

"죽음이 보내는 신호를 말하는 것입니다. 천능의 또 다른 능력이오."

한서영의 눈이 커졌다.

"죽음이 보내는 신호? 천능의 또 다른 능력이라니… 그게 무슨 말이에요?"

한서영의 말에 김동하는 자신도 모르게 한서영의 말에 대답했다는 것을 느끼며 실소를 머금었다.

"그런 것이 있습니다. 말로는 설명 드리기는 참으로 난감한 것이라오."

김동하의 뜬금없는 말에 잠시 김동하를 바라보다 한서영이 물었다.

"근데 여기서 뭐하고 있었던 거예요?"

김동하가 한서영을 바라보다가 이마를 좁혔다.

잠시 한서영의 얼굴을 바라보던 김동하가 천천히 입을 열었다.

"낭자에게 모든 것을 털어놓을 터이니 낭자는 내 말을 단한 치의 의심도 없이 믿어줄 수 있겠소?"

한서영이 미간을 좁혔다.

"무슨 말이에요?"

김동하가 잠시 주변을 둘러보다가 입을 열었다.

"낭자와 내가 처음 만난 것을 기억하시오?"

한서영이 김동하를 쏘아보았다.

"내가 그걸 어떻게 잊겠어요? 아직도 그 생각만 하면……."

말을 하던 한서영의 얼굴이 시뻘겋게 달아올랐다.

한서영의 머릿속에서도 김동하와 만났던 그 난감하고 황당한 상황이 떠올랐던 것이었다.

서로가 아무것도 걸치지 않은 알몸의 상태로 만난 것은 한서영으로서는 그 누구에게도 말하지 못할 비밀 중의 비밀이었다.

김동하가 한서영의 얼굴이 붉어지는 것을 보며 자신도 얼굴을 붉혔다.

"험! 낭자와 나의 만남이 그렇게 민망한 상황이었던 것은 나도 미처 예측하지 못 했소. 천공불진의 안쪽에 그런 상황이 만들어질 것이라는 것을 알았다면 한사코 천공불진을 여는 것을 거절했을 것이니까 말이오."

한서영이 얼굴을 살짝 붉힌 채 물었다.

"천공불진이라는 것은 또 뭐예요?"

김동하 역시 살짝 얼굴을 붉힌 채 한서영의 얼굴을 마주 보며 입을 열었다.

"천공불진은 시공간의 공간 사이에 만들어진 문이오."

한서영의 눈이 깜박였다.

"시공간의 공간사이에 만든 문이라니, 그게 뭔가요?"

김동하가 잠시 눈을 감았다가 뜨면서 입을 열었다.

"낭자께서 믿을지 모르겠으나 소생은 낭자보다 514년 전에 이 땅에 살았던 사람이오."

김동하의 말에 한서영이 눈을 치켜떴다.

"514년 전의 사람이라니. 그게 무슨 소리예요? 당신 미친 거예요?"

스스로를 514년 전의 사람이라고 말한다면 그것을 믿을 사람은 이 세상에 한명도 없을 것이다.

하지만 너무나 담담하게 자신을 514년 전의 사람이라고 말하는 김동하를 보며 한서영은 입을 쩍 벌리고 있었다.

김동하가 한서영의 얼굴을 빤히 바라보며 천천히 말을 이었다.

"소생의 부친은 쇠 김에 참진 자와 착할 선 자를 쓰시는 분으로 왕실 내의원의 종3품 어의를 지내신 분이십니다. 또한 모친은 유자성씨에 물 하와 제비 연을 쓰시는 분이지요. 소생의 누이가 있는데 이름은 따를 종에 계집 희 자를 씁니다. 그리고 소생은 쇠 김 자에 동녘 동에 물 하를 씁니다. 소생의 스승님은 해원 큰스님으로, 인왕산의 정심암에서 불도를 닦던 분이셨지요. 소생의 나이 13세에 소생의 누이가 소생의 집 근처에 있던 고마청에서 뛰쳐나온 군마의 발굽에 차여 크게 다쳐 목숨이 끊어질 상황이었는데 제가 누이를 구했지요. 그 때에 소생에게 천명의 권능이 있다는 것을 알게 된 사부님을 따라 인왕산의 정심암으로 은신하여 18세에 천공불진을 열고 이곳으로 온 것입니다. 그리고 낭자를 만나게 된 것입니다."

차분하게 말하는 김동하의 말에 한서영이 얼굴을 굳혔다.

"자, 잠깐만요. 지금 무슨 말을 하시는지 하나도 모르겠어요."

김동하가 눈을 깜박이다가 한서영을 바라보며 입을 열었다.

"소생의 말을 믿지 못하겠습니까?"

한서영이 머리를 흔들었다.

"자꾸 소생이니 낭자니 같은 그런 말은 쓰지 말고 그냥 평범하게 말하세요. 그게 무슨 말이에요? 어디서 환각제 같은 것을 맞은 게 아니에요? 그쪽의 가족 상황이랑 종3품 어의니 사부님이니 뭐니 하는 말을 누가 믿겠어요? 그리고 천명의 권능이라니요?"

김동하가 한서영을 바라보며 입을 열었다.

"소생의 말은 거짓이 아니오."

"또 소생이라니… 그런 말 좀 안 쓰면 안될까요? 당신은 모르지만 듣는 사람은 거북하단 말이에요. 막 몸이 오그라들고 손발이 간지러워진단 말이에요."

김동하가 미간을 좁혔다.

"그럼 낭자를 보고 낭자라 하지 뭐라고 합니까? 저 역시 낭자에게 이런 설명을 해야 한다는 것이 난감한 느낌이오."

한서영이 김동하를 노려보았다.

"지금 나한테 화를 내는 건가요?"

"낭자가 소생의 말을 믿지 않으니 참으로 곤란하여 하는 말입니다."

김동하가 절래절래 머리를 흔들었다.

한서영이 김동하를 쏘아보았다.

"무슨 뜬금없이 사극 이야기를 하는데 누가 그쪽 말을 믿겠어요? 사부니 뭐니 종3품 어의? 어의가 무슨 뜻인지 알고 하는 말이에요?"

김동하가 대답했다.

"어의는 내의원의 수장으로서 군왕의 신병을 돌보는 위치로 알고 있소."

한서영이 눈을 깜박이며 김동하를 바라보았다.

김동하가 어의의 뜻을 정확하게 알고 있다는 것이 놀라웠다.

"그럼 천명과 권능이라는 것은 무슨 말인가요?"

김동하가 한서영을 빤히 바라보며 입을 열었다.

"천명은 하늘의 권능이며, 신의 능력을 인간에게 부여한 하늘의 명령을 말합니다."

한서영의 눈이 껌벅였다.

잠시 김동하를 바라보던 한서영이 다시 물었다.

"신의 능력이라고요? 설마 당신한테 사람이 죽고 살게 하는 능력이 있다는 말인가요?"

김동하가 무거운 표정으로 머리를 끄덕였다.

"그렇소."

"세상에! 진짜 정신이 이상한 사람이네?"

한서영은 김동하가 미쳤다고 생각했다.

아니면 심각할 정도로 약효가 강한 환각제를 맞았거나 아니면 최고의 약효를 지닌 금지 약물을 복용한 것이라고 생각할 수밖에 없었다.

'하지만 어쩌면……'

그가 자신의 아파트에서 뛰어내린 것이 떠올랐다.

그걸로 보아 자신이 알 수 없는 신비한 능력이 그에게 있을지 모른다는 생각도 들었다.

한서영이 물었다.

"당신, 하늘도 날 수 있어요?"

김동하가 대답했다.

"새처럼 날지는 못 하나 소생이 익힌 비등연공을 펼친다면 잠시 날 수는 있을 것이오."

한서영이 눈살을 찌푸렸다.

더 이상 김동하와 대화를 하는 것은 시간 낭비라는 생각

이 들었다.

"알겠어요. 뭐… 좀 더 그쪽의 황당무계한 이야기를 듣고 싶지만 그럴 시간이 없을 것 같네요. 제가 의사라서 시간이 많지가 않아요."

한서영은 다시 본관의 자신의 자리로 돌아가 마치지 못했던 응급 진료일지 보고서를 마칠 생각을 하고 있었다.

김동하와 이야기를 하고 있으면 자신도 돌아버릴 것 같단 생각이 들었기 때문이다.

그때였다.

김동하가 한서영의 손을 갑자기 움켜쥐었다.

"어맛!"

한서영은 갑작스런 김동하의 태도에 질겁을 했다.

사실 그녀는 거지꼴을 하고 있는 김동하에게 얼마간의 돈을 쥐어주고 목욕을 하도록 하고 새 옷을 사 입게 도움을 줄 생각이었다.

하지만 이젠 대화를 하다 보니 그럴 필요가 없다는 생각이 들었다.

더구나 황당하기 그지없는 '514년 전의 사람'이라는 말까지 들으니 미친 사람과 더 이상 대화를 하는 것은 자신의 아까운 시간을 허비하는 일이란 걸 깨달았다.

그런 상황에서 김동하가 자신의 손을 갑자기 잡아버린 것이었다.

한서영으로서는 온몸에 소름이 끼칠 정도로 두려운 순간이었다.

"놔요! 이게 뭐하는 짓……."

파악—

말을 하던 한서영은 한순간에 자신의 몸이 김동하와 함께 허공으로 떠오르는 것을 느끼며 얼굴이 하얗게 질려버렸다.

쉬이이이이익—

김동하는 한서영의 손을 잡고 해동무의 기운인 무량기를 가득 담아 비등연공을 펼쳤다.

삽시간에 김동하와 한서영의 몸이 위쪽으로 날아오르고 있었다.

김동하의 품에 안긴 포메라니안은 김동하의 품에 안겨 한강의 교각 위로 날아올랐던 경험이 있었던 탓에 짖지도 않고 아래를 내려다보고 있었다.

이른 새벽이었고 주차장에는 아무도 없었기에 두 사람이 갑자기 허공으로 떠오르는 것을 본 사람이 없다는 것이 다행이었다.

"꺅!"

한서영이 자신도 모르게 김동하의 목을 감았다.

그런 한서영의 귀로 김동하의 나직한 목소리가 들렸다.

"낭자가 믿지 못하여 보여주는 것이니 그리 놀랄 필요는

없을 것이오. 그리고 무량기를 극성으로 실었으니 떨어질 염려도 없을 것입니다."

김동하의 말은 너무나 차분했다.

한서영은 한순간에 까마득하게 멀어지는 발밑 주차장을 바라보았다.

김동하는 한서영을 잡은 채 세영대학 병원의 본관 병동 옥상까지 단숨에 날아올랐다.

세영대학 병원의 본관 병동 건물은 높이만 해도 근 50m 가 넘었다.

그 높이를 단숨에 날아오른 것이었다.

투둑—

김동하가 한서영의 손을 잡고 건물의 옥상에 내려섰다.

옥상은 아무도 없었다.

간혹 병원 직원들이나 환자들이 올라와서 담배를 피거나 일광욕을 하는 곳이긴 하지만 이른 아침이라 본관 병동의 건물 옥상을 개방하지 않았던 것이다.

어쨌거나 이들에겐 다행이었다.

한서영은 몸을 덜덜 떨며 움츠렸다.

조금 전의 상황이 믿어지지 않았다.

"이, 이게……."

김동하가 한서영의 손을 놓으며 조용히 입을 열었다.

"낭자가 소생의 말을 믿지 않으니 어쩔 수 없이 이리한 것이오. 소생에게 날 수 있는지 물었는데 다행히 소생에게 작은 재주가 있어 이 정도는 날 수 있음을 보여드린 것이라오."

"세상에……."

한서영은 자신의 머릿속이 하얗게 변하는 느낌이었다.

"날았어. 정말 날았어."

한서영이 놀란 눈으로 김동하를 바라보았다.

김동하가 한서영을 보며 물었다.

"이제 소생의 말을 믿어주겠소?"

한서영이 떨리는 목소리로 물었다.

"다, 당신 정말 사람이에요? 귀신 아니에요? 요즘에는 귀신도 낮에 막 돌아다니고 그런가요?"

한서영의 말에 김동하가 피식 웃었다.

"전에도 그러더니 오늘도 그러시는군요? 낭자의 눈에는 소생이 귀신으로 보일지 모르나 소생은 분명히 사람이오."

김동하의 말에 한서영이 김동하의 발아래를 내려다보았다.

그의 발아래 그림자가 선명하게 만들어져 있었다.

혹시 몰라서 한서영이 발을 내밀어 김동하의 그림자를 살짝 밀어보았다.

그 모습을 본 김동하가 웃으며 입을 열었다.

"여전히 소생이 귀신처럼 여겨지는 모양이구려?"

그때 김동하의 품에 안겨있던 포메라니안이 한서영의 손등을 살짝 핥았다.

한서영이 흠칫하며 물러섰다.

손등을 핥는 강아지의 혀의 감촉이 너무나 선명하게 그녀의 손등에 남았다.

한서영이 물었다.

"정말… 그쪽이 하는 말이 사실이에요?"

김동하가 머리를 끄덕였다.

"물론이오, 그리고 소생은 거짓말을 할 줄 모르오."

"세상에……."

"이젠 낭자가 내 말을 믿어줄 것이라고 생각해도 되겠소?"

한서영이 잠시 김동하를 바라보다가 입을 열었다.

"당신이 말한 그 천명이라는 권능이 정말 사실인가요? 사람의 생명을 살리고 죽이는 게 정말인지 묻는 거예요."

김동하가 머리를 끄덕였다.

"물론이오. 이 아이도 내가 가진 천명의 능력 때문에 다시 살아난 것이지요."

김동하는 자신의 품에 안긴 포메라니안의 털을 다시 한 번 쓸었다.

한서영이 눈을 깜박였다.

이내 김동하의 얼굴을 빤히 바라보던 한서영이 물었다.

"그쪽이 가진 그 천명이라는 능력을 내가 볼 수 있을까요?"

천명의 능력을 볼 수 있는지 물어오는 한서영의 말에 김동하가 잠시 난감한 표정을 지었다.

지금 당장 그녀의 눈앞에서 증명할 방법이 아무 것도 없었기 때문이다.

김동하가 잠시 생각하다가 입을 열었다.

"조금 전에 이곳 시신을 안치하는 곳에 한수에서 스스로 목숨을 끊은 노인의 시신이 도착했을 것입니다. 내가 이곳에 온 이유도 그 노인을 살리기 위해서이지요. 나를 그 노인의 시신이 있는 곳으로 데려가 주실 수 있습니까?"

한서영이 놀란 얼굴로 김동하를 바라보았다.

"죽은 사람을 다시 살린단 말이에요?"

김동하가 입을 열었다.

"제 천명의 권능이 가진 힘이라면 생명을 가진 모든 존재의 머리가 떨어지거나 사지가 분리되지 않은 온전한 모습이라면 다시 생명을 불어넣을 수 있습니다. 다만 한 번에 일곱 번 이상을 사용하지 못하니 그게 한계지요."

한서영의 눈이 커졌다.

하지만 하늘을 날아오르는 능력을 실제로 증명해 보인 김동하의 말을 허황한 거짓말로 단정할 수는 없었다.

한서영이 김동하를 바라보았다.

자신이 내준 핑크빛 트레이닝복은 이미 걸레로도 쓸 수 없을 정도로 더러웠고 머리칼은 길어서 봉두난발이다.

만약 이런 모습의 김동하를 시신을 안치한 영안실로 데리고 들어가면 아마 한서영이 귀신을 데려 왔다고 난리가 날 수도 있을 것이었다.

한서영이 잠시 김동하를 바라보다 입을 열었다.

"당신을 데리고 영안실로 갈 수는 없어요. 누구라도 지금 당신의 모습을 본다면 거지라고 생각하거나 미친 사람으로 생각할 것이니까요."

한서영의 말에 김동하가 자신의 모습을 내려다보았다.

"하긴 제 모습이 많이 누추합니다. 마땅히 갈 곳도 없고 어디서 옷을 구해야 할지도 모르니 이러고 있었지요. 허나 누구라도 소생의 입성을 가지고 수군거려도 소생은 상관 없으니 낭자께서는 괘념치 마십시오."

한서영이 이마를 찌푸렸다.

"당신의 말대로 당신이 514년의 사람이라면 그때는 그랬을지도 모르지만 지금은 달라요. 나뿐만 아니라 다른 사람의 시선도 고려해줘야 한단 말이에요. 누구라도 지저분한 사람이 가까이 다가오면 불쾌하고 거북해 할 테니까요."

한서영의 말에 김동하가 자신의 머리를 긁적였다.

한서영이 다시 입을 열었다.

"그 머리도 어떻게 해야 할 거예요. 그런 모습으로 한밤 중에 누구랑 마주친다면 까무러치지 않는 게 이상할 거예요. 그나마 나니까 댁을 봐 주는 거라고요."

정작 자신은 김동하 때문에 두 번이나 까무러친 적이 있었지만 그것은 아예 생각지도 않는 한서영이었다.

한서영이 김동하를 바라보며 다시 물었다.

"그나저나 어떻게 살았어요? 밥은 먹고 다니는 거예요?"

한서영의 말에 김동하가 자신의 트레이닝복 호주머니를 뒤졌다.

이내 한웅큼의 지폐가 김동하의 손에 쥐어져 나왔다.

김동하가 돈을 한서영에게 보여주며 입을 열었다.

"인왕산에서 누군가에게 도움을 받았습니다. 그 사람이 준 것이 있었는데……."

김동하는 지폐 사이에서 윤경민 부장검사가 건네준 명함을 한서영에게 내밀었다.

한서영이 김동하가 내민 명함을 받았다.

한순간 한서영의 눈이 커졌다.

"윤경민…? 서울지방검찰청 부장검사를 만났다고요?"

김동하가 웃었다.

"예! 그분께서 저에게 도움을 좀 주셨지요."

"세상에······."

한서영은 김동하의 손에 쥐어진 돈을 바라보았다.

그냥 준 것으로는 믿기지 않을 정도로 제법 많은 돈이었다.

30만원이 넘을 것 같은 큰돈이다.

김동하가 입을 열었다.

"만원이라고 적힌 돈을 한 장 사용했을 뿐입니다. 이놈이랑 저랑 꽤 오래 굶어서 시장했던 터라 먹을 것을 샀지요. 김밥이라는 것을 사서 먹었습니다. 풍족을 말할 바는 아니나 이놈과 소생의 시장함을 달래기는 꽤 좋았습니다."

한서영이 김동하를 보며 물었다.

"이 많은 돈을 그쪽에게 그냥 주었다고요?"

김동하가 머리를 흔들었다.

"그건 아닙니다. 이것을 주신 분의 딸이 키우던 강아지가 죽어 그 강아지를 묻기 위해 산으로 올라 왔지요. 같이 키우던 강아지 한 마리가 먼저 죽어서 산에 묻었는데 그 강아지의 곁에 같이 묻으려 했던 것이었습니다. 그때 소생이 우연히 그 딸이 소중하게 안고 있던 상자속의 강아지를 보고 그 강아지를 살려준 적이 있습니다. 그리고 며칠 전에 산에 묻었던 강아지까지 같이 꺼내어 살려주어서 그분의 딸의 아버님이 저에게 이것을 건네준 것입니다. 사양을

했지만 너무 간곡하게 건네어 주셔서 어쩔 수 없이 받았습
니다."

"세상에……."

한서영의 눈이 찢어질 듯 껌벅이고 있었다.

김동하가 하는 모든 말은 한서영에게는 그야말로 너무나
신기하고 놀랍기만 한 말이었다.

한서영이 잠시 생각하다가 입을 열었다.

"이대로는 그쪽이 가진 천능이라는 능력이 아무리 대단
하다고 해도 영안실에는 들어갈 수 없어요. 사람들 보는
눈도 있고 하니까 말이에요."

김동하가 머리를 끄덕였다.

"낭자의 말이 무슨 말씀인지 알겠습니다."

한서영이 김동하의 얼굴을 똑바로 바라보며 입을 열었
다.

"난 낭자가 아니라 한서영이에요. 한. 서. 영. 알겠어
요?"

김동하가 머리를 끄덕였다.

"알겠습니다. 한서영 낭자."

"아이씨 정말……."

한서영이 김동하를 노려보듯 쏘아보았다.

하지만 이내 머리를 흔들었다.

김동하에게는 아마 이런 언어의 사용이 습관으로 박혀

있을 것이기에 쉽게 고쳐지지 않을 것을 인정할 수밖에 없었다.

한서영이 김동하를 보며 입을 열었다.

"그쪽과 내가 처음 만난 곳 알죠? 우리 집 말이에요."

김동하가 머리를 끄덕였다.

"물론이오."

"그곳을 다시 찾아갈 수 있겠어요?"

김동하의 미간이 좁혀졌다.

"그 좁은 곳으로 가라는 말씀이시오?"

김동하와 한서영이 다시 만난 곳은 좁은 욕실이었다.

그곳을 떠올린 김동하는 좁은 곳으로 돌아가긴 싫었다.

한서영이 머리를 흔들었다.

"욕실이 아니라 내가 살고 있는 집 말예요. 아파트."

김동하가 눈을 껌벅였다.

"그런 곳을 아파트라고 하는 것이오?"

"그래요. 내가 살고 있는 곳과 같은 곳을 아파트라고 하고 그보다 작은 곳은 빌라 그리고 집을 여러 채 지어서 사람들이 모여 살고 있는 곳을 연립주택이라고 해요. 따로 집 하나에 한 가족만 사는 곳은 개인주택이라고 하고요."

"어렵군요."

김동하가 머리를 살짝 흔들었다.

한서영이 김동하를 보며 입을 열었다.

"뭐 살다보면 저절로 차근차근 알게 될 것이니 굳이 지금 당장 모든 것을 알려고 하지 않아도 괜찮아요."

"……."

김동하는 아무 말도 하지 않았다.

과거와는 너무나 많은 것이 달라졌기에 알고 싶은 것들이 많았다.

하지만 한서영의 말대로 살다보면 저절로 알게 될 것이었기에 조급해 하지 않았다.

어쩌면 김동하의 특유의 성격인 차분한 기질이 그를 돕고 있다고 해야 할 것이었다.

한서영이 다시 입을 열었다.

"일단 내가 사는 아파트로 먼저 가서 그곳에서 날 기다려요. 그리고 도착하면 욕실에서 씻고 이 지저분한 옷도 좀 버리고요. 돌아갈 때 그쪽이 입을 옷을 사갈 테니 그렇게 알고 있어요."

김동하가 눈을 껌벅였다.

"나 혼자 그 곳으로 돌아가라는 말씀이시오?"

"그래요. 난 지금 이곳을 떠날 수 없으니까요."

"어째서 그렇습니까? 왜 지금 당장 나랑……."

김동하는 자신 혼자 돌아가라는 한서영의 말에 조금 황당한 생각이 들었다.

비록 민망한 모습으로 볼 것과 못 볼 것을 모두 본 조금은

우스운 사이지만, 규수가 혼자 사는 집으로 가라는 말에 당황한 것이었다.

한서영이 김동하의 말을 잘랐다.

"내가 말없이 집으로 가면 어떤 인간이 지랄할 게 분명하니까요."

"지랄이라고 했소?"

"알 거 없어요. 성격이 개지랄같은 좁쌀 심보의 거시기가 방탄인 새끼 한 놈이 있어요. 그놈은 내가 없어지면 아마 날 죽이려고 발광을 할 거예요. 그러니 먼저 내 집에 가서 그곳에서 기다려요."

김동하가 잠시 생각하다가 한서영을 보며 물었다.

"그냥 내가 이곳에서 한서영 낭자를 기다리면 아니 되오?"

한서영이 눈을 껌벅였다.

"여기서 날 기다린다고요?"

끄덕―

김동하가 머리를 끄덕이며 입을 열었다.

"마땅히 갈 곳도 없고 소생에겐 급히 해야 할 일도 없으니 이곳에서 기다리고 있는 것이 더 좋을 듯 하오만."

한서영이 주변을 둘러보다 머리를 흔들었다.

"여긴 조금 있으면 환자들을 비롯해 사람들이 많이 올라오는 곳이에요. 아무리 그쪽이 날고 기는 재주가 있다고 해도 사람들에게 그쪽이 들키면 소동이 벌어지게 될 텐데 감당할 수 있겠어요?"

"······."

김동하가 머리를 긁적였다.

한서영의 말대로 이곳에서 머물다 사람들의 눈에 띌 경우 병원 측에서 한바탕 소란이 벌어지게 될 것은 당연했다.

거지몰골에 산발을 한 김동하의 모습을 보고 소란을 피우지 않을 사람은 없을 것이었다.

더구나 청결하고 위생을 중요시 하는 대학 병원의 옥상에 거지가 머물고 있다는 것이 알려지면 아마 뉴스에 나올 수도 있을 것이었다.

김동하가 한숨을 살짝 내 쉬었다.

"알겠소. 한서영 낭자의 말대로 하리다."

한서영은 자신의 이름을 가르쳐 주자 김동하가 이제는 자신의 이름 뒤에 낭자라는 호칭을 붙이는 것을 보고 어이가 없었다.

하지만 체념했다.

"아파트의 입구 도어번호는 4319#이에요. 외우겠어요?"

김동하가 눈을 껌벅였다.

한서영이 짧게 한숨을 불어내며 입을 열었다.

"만약 조금 전처럼 이곳으로 날아오르던 것 같이 내 집의 창문으로 날아오를 생각은 하지 말아요. 아마 아파트가 난리가 날 테니까 말이에요."

김동하가 잠시 생각을 하다가 머리를 끄덕였다.

"입구로 들어가리다."

"좋아요. 잊어먹지 않게 비밀번호랑 도어락 해제방법을 적어줄게요. 그리고 경비실에 미리 연락을 해놓을 테니 쉽게 아파트로 들어갈 수 있을 거예요."

"명심하겠습니다."

한서영은 재빨리 자신의 주머니에서 수첩을 꺼내 집 주소와 도어락 번호, 해제 방법 등을 적었다.

그리고 단숨에 그 종이를 김동하에게 내밀었다.

"순서대로 하면 어렵지 않을 거예요. 그리고 집에 들어가면 절대로 다른 곳은 만지지 말고 그냥 샤워만 하고 몸을 씻고 기다려요. 예전처럼 타월로 몸을 가리고 말이에요. 알겠죠?"

끄덕—

김동하가 머리를 끄덕였다.

한서영이 김동하의 품에 안긴 강아지를 힐끗 바라보았다.

"강아지도 씻겨요."

"그리하리다."

김동하가 담담한 얼굴로 대답했다.

한서영이 김동하를 보며 입을 열었다.

"곧장 출발해요. 그리고 시신은 유족이 와서 시신을 인수할 때까지 이곳에 보관하고 있을 것이니 걱정하지 않아도 될 거예요. 외부에서 들어온 시신은 대부분 이곳 장례식장에서 장례까지 치르니까 적어도 일주일은 여유가 있을 것이니 안심해도 돼요."

김동하가 눈을 껌벅였다.

"이곳에서 장례까지 치른다는 말이오? 장례라 함은 보통 사망한 사람의 본가에서 제례에 따라 닷새의 장으로 치르고 이후 3년 상까지……."

김동하를 보며 한서영이 머리를 흔들었다.

"514년 전에는 그랬을지 모르지만 지금은 보통 3일장을 치러요. 그리고 3년상 따위는 하지도 않고 말이에요."

"허어. 세상에……."

김동하의 눈이 껌벅였다.

그것은 김동하로서는 천하에 불효이자 도의를 저버린 부당한 일이었다.

역모에 연루되어 일가가 몽땅 멸족한다면 모를 일이지만 집안과 가족이 있다면 그럴 수는 없는 일이었다.

한서영이 머리를 흔들었다.

"뭐 도덕이나 예전의 초상법 같은 것은 나중에 따로 이야기 하고 이대로 바로 출발하세요."

"아, 알겠소."

한서영이 김동하의 모습을 다시 바라보았다.

"모습을 보니 돈을 쥐고 통사정을 한다고 해도 택시는 태워 주지도 않을 것 같네요. 그냥 걸어가셔야 할 텐데 이곳에서 그다지 멀지는 않으니 다행이에요."

김동하가 대답했다.

"소생은 걷는 것이 더 편하오."

"알겠어요. 그나저나 나 다시 저쪽에 내려 줘요. 여기서 옥상 문이 열리기를 기다릴 순 없으니까요."

"알겠소."

김동하가 다시 한서영의 손을 잡고 병원의 옥상 난간을 잡고 아래쪽을 바라보았다.

다행히 지금까지 주차장에는 아무도 없었다.

김동하가 한서영의 손을 잡은 채 허공으로 몸을 띄워 올렸다.

또다시 비등연공을 펼쳐 아래로 내려왔다.

이미 하늘을 나는 경험을 한 한서영이었기에 비명을 지르거나 고함을 치지는 않았다.

하지만 김동하의 능력에 새삼 또다시 놀랄 수밖에 없었다.

한서영은 주변의 눈치를 살피며 김동하와 세영대학 병원의 주차장에서 헤어졌다.

한여름의 일요일 아침 7시가 갓 넘은 시간이었다.

조선남자

朝鮮男子

-천능의 주인-

기묘한 동거

"이걸 어떻게 해야 한다고 했지?"

엘리베이터의 앞에선 김동하가 한서영이 적어준 쪽지를 보며 위로 올라갈 수 있는 방법을 찾았다.

이내 한서영이 삼각형의 버튼 두 개 중 하나에 동그라미를 친 것을 발견했다. 버튼을 누르자 문이 열렸다.

김동하가 놀란 표정으로 눈을 깜박였다.

다행히 일요일의 이른 아침이었기에 주변에 아무도 없다는 것이 다행이었다.

만약 아파트의 입주민 중 누군가가 지금 김동하를 발견한다면 경비실과 관리사무실이 발칵 뒤집어 질만큼 김동하의 모습은 특별했다.

팻국물이 흐르는 꼬질꼬질한 핑크빛 트레이닝복에, 품에는 역시 꼬질꼬질한 털로 지저분해 보이는 포메라니안이 안겨있으니 누구나 놀랄 것은 당연했다.

다행히 한서영이 미리 아파트 경비실에 연락해서 김동하가 아파트로 들어갈 수 있었다. 다만, 경비원이 놀라서 다시 한번 한서영에게 전화를 해서 확인하는 상황까지 거쳐야 했던 것이 조금 불편했을 뿐이었다.

김동하는 한서영이 적어준 대로 엘리베이터의 안으로 들어가 21이라는 숫자를 눌렀다. 이어 닫힘 버튼을 누르자 문이 닫히고 이내 엘리베이터가 상승하기 시작했다.

위이이이잉—

김동하로서는 위로 상승하는 느낌은 처음으로 느끼는 것이었다. 비등연공을 펼치는 것과는 그 느낌 자체가 판이하게 다른 것이었기에 놀란 표정으로 주변을 두리번거렸다. 하지만 사방이 막혀 있어 어떤 방식으로 움직이는 것인지 알 수가 없었다.

다만, 500년이라는 세월이 흐르니 상상할 수 없을 정도로 세상이 편리하게 변했다는 것을 실감했다.

잠시 후.

때앵—

맑은 벨소리가 울리면서 이내 문이 열렸다.

스르르륵—

엘리베이터의 문이 열리자 김동하가 걸어 나왔다.

그리고 한서영이 말한 2107호의 입구로 다가갔다.

"이걸 말하는 것이로군?"

김동하는 한서영이 그림으로 그려놓은 도어락을 보며 눈을 반짝였다. 이내 한서영이 적어준 대로 도어락의 비밀번호를 순서대로 누르기 시작했다.

삐 삐 삐 삐 삑—

종이에 적어놓은 대로 버튼을 누르고 마지막 해제버튼까지 누르자 도어의 잠금장치가 풀어지는 소리가 들렸다.

스르륵.

찰칵—

이내 문의 잠금이 풀어지자 김동하는 문의 레버를 잡고 아래로 내렸다. 순간 문이 열렸다.

"참으로 기묘한 장치로다."

그는 작은 목소리로 감탄한 안으로 들어섰다.

파앗—

김동하의 동작을 감지한 현관 등이 불을 밝혔다.

신발을 신지 않고 있는 김동하로서는 신발을 벗을 필요가 없었지만 자신이 들어서자 저절로 불이 켜지는 것에 살짝 놀라고 있었다.

거실과 현관의 가운데 중간 문이 있었고 중간 문이 닫혀 있었기 현관쪽은 어두운 느낌이었던 터였다.

김동하가 불이 켜진 천정을 올려다보며 잠시 눈을 껌벅였다. 보는 것마다 신기하고 새로웠다.

잠시 주변을 둘러보다 자신의 발이 시커멓게 때가 묻은 것을 보며 얼굴을 살짝 찌푸렸다.

"여기선 발을 씻을 수도 없구나."

어쩔 수 없다는 듯이 중문을 열었다.

스르르륵—

문이 열리자 김동하가 본 적이 있는 거실의 모습이 드러났다. 한서영이 살고 있는 아파트의 거실은 별다른 가구 없이 단출한 모습이었다.

거실의 아트월 아래쪽에 텔레비전이 걸려 있었고 그 아래쪽으로 긴 거실장이 옆으로 놓여 있었다.

반대편으로 소파가 있고 소파의 옆으로 키 작은 작은 테이블 하나가 놓여 있을 뿐이었다.

잠시 거실 중간 문에 서서 거실을 바라보던 김동하는 거실 중간문의 앞쪽에 발닦이용 매트를 보고 그곳에 발바닥에 묻은 먼지를 닦아냈다. 이내 거실로 들어선 김동하는 자신이 처음으로 한서영을 만났던 안방으로 향했다.

안방 문을 열자 좋은 냄새가 풍겨왔다.

여자들이 사용하는 화장품 냄새가 배어 있는 방이었다. 김동하는 잠시 기분 좋은 느낌의 향을 코로 킁킁 맡았다.

거실에도 몸을 씻을 수 있는 욕실이 있었지만 한서영이 '자신과 김동하가 처음 만난 곳'이라고 지정해 버리는 바람에 결국 안방의 욕실을 사용하게 된 김동하였다.

안방으로 들어서서 자신이 예전에 보았던 파우더룸으로 걸어갔다. 이내 파우더룸을 지나 문의 손잡이를 내리자 자신이 천공불진을 열고 처음으로 이 세상에 현신했던 한서영의 안방 욕실이 모습을 드러냈다.

김동하가 손에 들린 종이를 바라보았다.

"이걸 누르면 불이 저절로 켜진다고 했지?"

욕실의 앞쪽에 달린 버튼을 누르자 이내 불이 켜졌다.

파앗—

김동하에게는 또다시 보게 되는 욕실의 풍경이었다.

한서영이 김동하에게 건넨 종이쪽지에 적힌 내용은 여기까지였다. 욕실을 어떤 방법으로 사용해야 하는 것인지는 적지 않았던 것이다. 잠시 욕실의 내부를 바라보던 김동하가 품에 안긴 포메라니안을 바라보며 입을 열었다.

"너도 나와 같이 씻어야 할 것 같구나."

"멍!"

포메라니안이 낮게 짖었다. 김동하가 욕실의 안으로 들어서서 포메라니안을 내려놓고 옷을 벗었다.

사실 김동하로서도 몸을 씻고 싶은 생각이 굴뚝같았다.

하지만 그가 생각하던 개울이나 인적이 드문 계곡 같은

곳은 전혀 보이지 않았고 찾을 수도 없었다. 그렇다고 해
동무를 마구 펼치며 몸을 씻을 곳을 찾을 수도 없는 일이
었기에 아예 포기할 수밖에 없었던 것이었다.

한강물에서 몸을 씻고 싶은 생각도 했지만 김동하가 생
각하는 것만큼 한강물은 깨끗하지 않았다.

김동하에게 몸을 씻을 물이란 자신이 살던 500년 전의
그 맑고 차가운 인왕산 계곡의 물이거나 본가인 한양도성
의 경기 감영의 앞쪽으로 흘러내리던 감천의 그 맑은 물이
어야만 했다. 옷을 모두 벗은 김동하는 주변을 두리번거리
다가 예전의 목간과는 전혀 다른 욕실의 모습을 보며 잠시
어리둥절한 표정을 지었다.

"그러고 보니 이곳은 목간을 하기가 참으로 난감한 곳이
구나. 물을 담을 항아리도 없는데 어디서 물을 구한단 말
이지? 왜 한서영 낭자는 이곳에서 굳이 몸을 씻어야 한다
고 한 것인지 그 이유를 모르겠군, 허참."

김동하가 난감한 얼굴로 주변을 두리번거렸다.

"온통 신기한 것뿐이니 조금 전처럼 무언가를 누르면 물
이 들어 있는 항아리가 나오는 것이 아닌지 모르겠구나."

그러다 욕실의 입구 쪽과 가까운 곳에 있는 둥근 원형의
항아리 같은 것을 발견했다. 위에는 뚜껑이 있는 것이 항
아리와 조금 비슷한 형태지만 항아리는 아닌 것으로 보였
다.

"이게 물을 담은 항아리인가?"

김동하가 살짝 항아리의 뚜껑을 열었다. 순간 항아리의 안쪽에 조금의 물이 고여 있는 것을 발견했다.

"참으로 기막히군 그래. 어찌 이만큼의 물로 목간을 한단 말인가?"

김동하가 발견한 것은 한서영이 홀로 사용하는 변기였다. 변기의 안쪽은 무척 깨끗하고 한서영이 정리를 잘한 것인지 전혀 오물의 흔적이 남아 있지 않았다.

아무것도 모르는 김동하가 보기에는 조금의 물이라도 남았다는 것이 다행이었다. 김동하가 잠시 난감한 얼굴로 주변을 둘러보다가 이내 머리를 흔들었다.

"이것으로라도 어찌 해보아야 할 것 같구나."

김동하가 변기의 뚜껑을 올리고 잠시 물을 퍼낼 것을 찾다가 욕실의 한쪽에 한서영이 사용하던 양치컵을 발견했다. 김동하가 한서영의 양치컵을 들어올렸다.

양치컵의 옆쪽에 칫솔이 놓여 있는 것을 보고 칫솔을 들어 이리저리 살펴보다가 이마를 찌푸렸다.

"때를 벗기는 것인가?"

김동하가 한서영의 칫솔을 들어 꼬질꼬질한 자신의 몸을 슥슥 비볐다. 따끔거리는 느낌과 때를 벗기기엔 뭔가 빈약한 느낌이다.

김동하가 피식 웃으며 칫솔을 내려놓았다.

"규수가 사용하는 목간 방이어서인지 아기자기한 느낌이 드는 것들뿐이로구나."

칫솔을 내려놓은 김동하가 이내 양치컵을 들고 변기로 다가섰다. 변기 속 물은 양치컵으로 네 번 정도 퍼내면 없어질 양이었다.

난감한 얼굴로 물을 바라보던 김동하가 이내 작심한 듯 변기의 물을 양치컵에 담았다. 컵 속에 담겨진 물을 머리 위로 들어 올려 이내 쏟았다.

촤악—

한순간에 김동하의 정신이 번쩍 들게 만들 정도로 차가운 물이 쏟아졌다.

하지만 김동하는 전혀 차갑다는 느낌이 들지 않았다.

다만, 예전에 자신이 인왕산의 계곡물을 이용해 목욕을 하던 것과는 너무나 판이한 느낌이 들었다.

전신을 적시는 물의 쾌적함이 전혀 없었기 때문이었다.

할 수 없이 다시 물을 퍼냈다.

한 번, 두 번, 세 번……

이내 변기 속의 물이 동이 났다. 더 이상 물은 없었다.

마지막으로 변기의 아래쪽에 좁쌀처럼 작은 물이 보였지만 그것은 양치컵으로 퍼낼 수 있는 양이 아니었다.

달그락. 달그락.

양치컵으로 변기를 달달 긁어보지만 더 이상 물은 양치

컵으로 들어오지 않았다.

김동하의 입에서 한숨이 흘러나왔다.

"어찌 한서영 낭자는 나에게 목간을 하라고 하면서 물은 이것밖에 없다는 말을 하지 않은 것인지……."

오히려 때가 닦여 나가는 것이 아니라 때가 번진 느낌이 들었다. 아쉬운 표정으로 주변을 다시 둘러보았다.

잠시 눈을 껌벅이던 김동하는 한서영과 처음 만났을 때 한서영이 잠겨있던 욕조를 바라보았다.

그때는 경황이 없어서 몰랐지만 지금 생각하니 당시에 한서영을 김동하가 꺼내지 않았다면 물속에 잠겨 익사를 할 수도 있었다는 것이 머리에 떠올랐다.

"어쩌면 저곳 어딘가에 물을 담은 항아리가 숨겨져 있을 수도 있겠구나."

욕조로 다가간 김동하가 이리저리 무언가를 살피다가 욕조의 위쪽에 은색의 금속손잡이 같은 것을 세심하게 살폈다. 아래쪽은 사각형의 반짝이는 금속으로 만들어져 있었고 한 개의 손잡이 같은 것이 보였다.

그것은 얼핏 본 적이 있는 것도 같았다.

과거 명절이면 어머니가 떡을 만드실 때 자주 쓰시던 구절편의 화문을 찍는 목인처럼 보였다. 손잡이의 위쪽에는 앞으로 삐죽 튀어나온 금속이 만들어졌다.

또한 사각형의 금속과 연결된 밧줄처럼 보이는 울퉁불퉁

한 금속이 아래로 길게 늘어진 채 위쪽에 걸려 있었고 금속의 맨 끝에는 구멍이 숭숭 뚫린 밥주걱처럼 생긴 것이 원형의 고리 같은 것에 살짝 걸려 있는 모습이었다.

"참으로 묘한 물건이로다. 이건 어디에 쓰는 물건인지 모르겠구나."

잠시 망설이던 김동하가 삐죽 튀어나온 레버를 살짝 만져보았다. 차갑다는 느낌뿐이었다.

살짝 비틀자 옆으로 쉽게 돌아간다.

스륵스륵—

좌우로 쉽게 틀어지는 샤워기의 손잡이는 김동하에게 묘한 느낌을 안겨주었다. 그러나 비틀어도 돌아가기만 할뿐 그 어떤 신기한 현상도 나타나지 않았다.

김동하는 더 이상 비틀면 부서질 수도 있다는 불안감과 행여 망가트리기라도 한다면 한서영 낭자에게 곤욕을 치를 것이라는 생각에 조심스럽게 원래의 위치로 해놓고 아래쪽을 바라보았다. 앞으로 튀어나온 한 개의 손잡이처럼 보이는 물건이 있었다.

구절편의 화문을 찍는 목인처럼 보이는 손잡이였다.

"이것은 또 뭔지 모르겠구나."

김동하가 살짝 목인을 비틀었다.

순간 쪼르륵—

목인형상의 손잡이를 비틀자 그 아래로 갈고리처럼 구부

러진 철관에서 물이 흘러나오기 시작했다.

순간 김동하의 눈이 커졌다.

"이건⋯⋯."

손잡이를 조금 더 비틀자 이내 물의 양이 더 많아졌다.

좌아아아아—

물이 나온다는 것을 알게 되자 김동하의 얼굴에 미소가 떠올랐다.

"참으로 기묘하구나. 어디에 이런 물이 들어 있었다는 말인가?"

김동하는 이내 손잡이를 완전히 비틀었다.

순간 힘찬 물줄기가 뿜어져 나오기 시작했다.

쏴아아아아아아아아.

욕조로 흘러나온 물은 욕조 바닥에 놓인 작은 구멍을 통해 어디론가 빠져 나가고 있었다.

"하하. 이것을 비트니 물이 나온다니 참으로 묘하구나."

이내 김동하가 욕조 안으로 들어가 흘러나오는 물에 머리를 적시기 시작했다. 하지만 엎드려야 하고 손으로 물을 받아야 하는 것이 무척이나 민망한 자세를 만들었다. 그것이 조금 불편했다.

잠시 눈을 깜박이던 김동하가 욕조의 옆쪽에 작은 마개 같은 것이 달린 것을 발견했다.

그것을 줍기 위해 몸을 비트는 순간, 김동하의 엉덩이가 조금 전에 만진 좌우로 틀어지기만 하던 삐죽한 손잡이를 건드렸다. 위쪽으로 올려버린 것이었다.

순간 샤워기의 꼭지에서도 물이 흘러나오기 시작했다.

살짝 놀란 김동하가 위쪽을 바라보자 금속 줄에 매달린 구멍이 뚫린 주걱같은 것에서도 물이 흘러나오는 것을 발견했다. 김동하의 눈이 커졌다.

"어찌 저곳에서도……."

잠시 눈을 깜박이던 김동하는 자신이 무엇을 건드린 것인지 살폈다. 이내 위로 삐죽 튀어나온 쇠막대 같은 것을 건드린 것을 보며 입을 살짝 벌렸다.

"저게 아래 위로도 틀어지는 것이었구나."

김동하가 잠시 쇠막대를 바라보다 위쪽으로 완전히 들어 올렸다. 순간 주걱같이 생겼으나 구멍이 뚫린 샤워기의 꼭지를 통해 물이 쏟아져 내리기 시작했다.

"하하. 참으로 신기하구나."

김동하는 위에서 쏟아지는 물을 보며 잠시 생각하다가 방금 전 욕조에 물을 쏟아지게 만들었던 레버를 다시 잠갔다. 물이 잠기자 위에서 쏟아지는 물줄기가 더 세차게 느껴졌다.

"하하. 참으로 묘하다, 묘해. 그러니까 한줄기의 물을 가지고 이것은 위에서 물이 나오게 할 수도 있는 것이고 이것은 아래로 물이 나오게 만들어 놓은 것이로구나."

세차게 쏟아지는 물을 보던 김동하가 고개를 돌려 조금 전에 양치 컵으로 물을 퍼서 머리에 쏟았던 변기를 보며 중얼거렸다.

"이렇게 쉽게 물을 쓸 수 있는데 저기엔 왜 조금밖에 담지 않았을까?"

머리를 갸웃하던 김동하가 이내 고민할 필요가 없다고 생각한 것인지 샤워기에서 쏟아지는 물로 몸을 씻기 시작했다. 예전에는 목간을 할 때 삼베로 만든 목간포를 이용해서 몸의 때를 벗겨냈지만 이곳은 그런 것도 없었다.

샤워를 하던 김동하가 한쪽에 놓여진 비누를 발견했다.

"이건 또 뭔가?"

비누를 집어 들자 미끈거리는 느낌이 들었다. 이마를 살짝 찌푸린 김동하가 비누를 들어 코로 가져갔다. 향긋한 꽃의 향기같은 냄새가 김동하의 콧속으로 들어왔다.

"묘한 것이로구나. 이것은 또 어디에 쓰는 물건인지……."

손에 이리저리 만져보니 손에서 거품이 만들어졌다.

비누 역시 김동하의 손 때에 원래의 파란색 위에 시커먼 때가 엉켰다.

김동하의 눈이 깜박였다. 잠시 비누를 바라보던 김동하가 자신이 더럽혀 놓은 비누의 때를 지우기 위해 샤워기의 물로 비누를 씻어냈다.

순간 김동하의 눈이 커졌다. 아무리 닦아도 잘 지워지지
않던 자신의 손에 묻은 시커먼 때가 삽시간에 지워진 것을
본 것이었다.

"허어… 이게 때를 지우는 물건인 모양이구나."

김동하가 자신의 몸에 비누칠을 하기 시작했다. 비누의
향과 미끈거리며 자신의 몸을 스쳐가는 비누의 감각이 좋
았다. 삽시간에 시커먼 때로 범벅이었던 김동하의 몸에서
때가 지워지기 시작했다. 길게 늘어진 머리칼에 비누를 비
비고 손으로 머리칼을 비비자 삽시간에 거품이 일어나면
서 머리칼의 때도 지워져 갔다.

그때였다. 욕조 밖에서 김동하를 바라보고만 있던 포메
라니안이 김동하가 서 있는 욕조 안으로 뛰어 들어왔다.

"멍!"

포메라니안이 짧게 짖으며 김동하의 다리 아래 서서 위
에서 쏟아지는 샤워기의 물을 함께 맞았다.

김동하가 웃었다.

"하하 너도 씻을 참이더냐?"

"멍!"

"그래. 너도 죽을 고비를 넘기고 새 생명을 얻었으니 새
롭게 몸을 단장해야 할게다. 이리 오너라, 마침 민망한 때
를 벗기기에 좋은 것을 찾았으니 너도 한번 몸을 씻어 보
거라."

김동하는 욕조에 쪼그린 채 포메라니안의 털에 비누칠을 했다.

포메라니안은 김동하가 자신의 몸에 비누칠을 하자 기분 좋은 듯 눈을 감고 오히려 김동하의 손길을 즐기는 느낌이었다.

김동하가 포메라니안의 털을 깨끗하게 씻어주자 작은 체구의 포메라니안이 더욱 작게 느껴질 정도로 줄어들었다.

그야말로 김동하의 두 주먹을 합친 정도의 크기로 줄어든 것이었다.

제법 큰 강아지라고 생각했지만 털이 물기에 젖어 몸에 찰싹 붙어버리자 포메라니안의 원래 크기가 나타난 것이었다.

하지만 김동하는 전혀 신경을 쓰는 느낌이 아니었다.

포메라니안도 마찬가지였다.

김동하와 포메라니안은 그야말로 비누 하나가 다 닳을 때까지 자신들의 몸을 씻어냈다.

등까지 늘어진 긴 머리칼은 이제 여인의 삼단머리처럼 윤이 흘렀고 피부는 뽀얗게 변했다.

동시에 감춰져 있었던 김동하의 준수한 용모와 포메라니안의 앙증맞은 자태가 드러났다.

김동하와 포메라니안이 목욕을 마친 것은 한서영의 집에 들어온 지 근 두 시간이 지나서였다.

그럼에도 오랜만의 목욕이 즐거웠던 것인지 김동하는 매력적인 비누의 향과 샤워기의 물줄기를 즐겼다.

마지막으로 샤워기에서 흘러내리던 물을 잠그고 욕조를 빠져 나온 김동하는 수건이 있는 곳으로 걸어갔다.

수건이 있는 곳은 이미 김동하도 알고있었다.

한서영과 처음 만났을 때 그녀를 욕조에서 건져내고 그녀가 아무것도 걸치지 않은 알몸이었다는 것을 알고 당황해서 이곳저곳을 뒤지다 욕실장을 발견해 그 속에서 타월을 꺼내어 한서영의 몸을 가려준 것을 기억하고 있었다.

욕실장을 열고 수건을 꺼내어 이내 자신의 몸을 닦기 시작했다.

김동하의 발아래 포메라니안도 자신의 몸을 흔들어 털며 몸의 물기를 지우려 했다.

파르르르륵—

슥슥슥—

몸의 구석구석 물기를 닦으며 김동하는 타월의 감촉이 무척 부드럽고 좋다는 것을 느꼈다.

자신의 몸을 닦은 수건으로 같이 목욕을 한 포메라니안의 몸도 닦아주기 시작했다.

몇 장의 수건을 다시 꺼내어 사용했다.

이내 김동하와 포메라니안이 욕실을 빠져 나왔다.

긴 두 시간의 목욕을 마친 뒤의 느낌은 그야말로 김동하

가 이곳에 도착한 이후 처음으로 느끼는 쾌적함을 안겨주었다.

밖으로 나오는 김동하의 허리에는 수건이 둘러져 있었다.

흰서영이 준 트레이닝복을 다시 입을 수 없었기에 마땅한 옷이 없는 김동하였다.

파우더실로 나온 김동하는 파우더실의 거울을 통해 자신의 모습을 바라보았다.

탄탄한 근육과 너무나 준수한 얼굴이 거울 속에 있었다.

"참으로 면경 하나만큼은 이 세상의 것이 아니라고 할 만큼 맑고 선명하구나."

김동하는 거울 속에 서 있는 자신의 모습을 보며 처음으로 자신의 얼굴을 세밀하게 바라보았다.

자신이 생각해도 잘생긴 얼굴이었다.

여동생인 종희가 말한 것처럼 율현의 자희라는 규수가 보았다면 놀랄 정도라고 했던 말이 틀리지 않았을 것이라고 생각했다.

거울 속에 비친 자신의 얼굴이 잘생겼다는 생각이 들자 머쓱해진 김동하가 몸을 돌렸다.

파우더실에는 헤어드라이어와 빗을 비롯해 로션과 화장품 등 여러 가지 물건들이 있었다.

하지만 김동하는 그것을 사용하는 방법을 몰랐다.

파우더실의 바닥쪽에 기묘하게 생긴 두 개의 천 조각이 아무렇게나 떨어져 놓여 있었다.

그것은 한서영이 집으로 돌아와 샤워를 하고 갈아입은 속옷들이었다.

미처 세탁기에 넣지 못한 브래지어와 속옷이다.

며칠 동안 제대로 씻지 못하고 근무한 탓에 반드시 돌아오면 속옷부터 갈아입는 한서영이었지만 지금의 상황을 예상하지 못하고 피곤한 탓에 잠시 잊고 놓아둔 것이었다.

김동하가 힐끗 그것을 바라보았다.

"이건 몸을 닦는 수건으로는 보이지 않는데……."

짙은 붉은색의 속옷이었기에 한눈에 김동하의 눈길을 끌었다.

하지만 그것을 집어들 생각은 하지 않았다.

파우더실을 지나 한서영의 방으로 빠져 나온 김동하가 잠시 자신의 모습을 내려다보았다.

"허허. 이리 민망한 모습으로 한서영 낭자가 돌아오기를 기다려야 하다니 참으로 고역이로다."

잠시 한서영의 방을 두리번거리던 김동하는 자신의 몸에 무언가 걸쳐야 할 것 같다는 생각에 몸에 걸칠 옷을 찾았다.

하지만 김동하가 걸치기에 적당한 옷은 보이지 않았다.

"쯧! 한서영 낭자에게 미안한 일이나 남녀가 유별한데

이리 민망한 모습으로 다시 대면하는 일은 두 번은 하기 싫군 그래."

한서영을 처음 만났을 때 서로가 알몸이었던 사실을 무척이나 민망하게 생각하고 있는 김동하였다.

또다시 그런 일이 반복된다는 것은 어떤 일이 있어도 피하고 싶었다.

머리를 흔든 김동하가 한서영의 방을 둘러보다가 벽쪽에 손잡이가 달려 있는 것을 보았다.

"저긴 무엇을 하는 곳인지 모르겠군."

김동하가 손잡이가 보이는 곳으로 다가섰다.

김동하가 발견한 것은 한서영의 옷들을 보관하고 있는 붙박이 옷장이었다.

김동하가 옷장의 손잡이를 잡고 당겼다.

딸칵—

경쾌한 소리와 함께 너무나 쉽게 옷장의 문이 열리자 김동하가 눈을 껌벅이며 안쪽을 바라보았다.

한순간 김동하의 입이 벌어졌다.

옷장에 가득하게 걸려 있는 것은 여자들의 옷들이었다.

"허허. 참으로 묘하게 생겼다. 여자들의 옷이라면 응당 치마와 적삼 그리고 저고리가 있어야 하거늘 어찌 보이는 것 모두가 만들다 만 옷처럼 보이는 것인지 원……."

혀를 찬 김동하가 한서영의 옷장을 뒤지기 시작했다.

하지만 모두가 여자들의 옷일 뿐 남자들의 옷은 단 한 벌도 찾아내지 못했다.

김동하의 눈에 옷장 아래쪽에 서랍이 달려 있는 것이 보였다.

서랍의 손잡이를 잡고 당겨내자 부드럽게 열린다.

김동하의 눈이 반짝였다.

서랍의 안에는 조그만 천으로 보이는 것들과 끈이 달린 기묘한 물건들이 깔끔하게 정리되어 놓여 있었다.

김동하가 이마를 찌푸리며 중얼거렸다.

"저기 앞에 놓인 것들과 같은 모양인데… 어디다 사용하는 것인지 모르겠구나. 땀을 닦는 수건도 아니고 규수들이 가지고 다니는 향낭처럼 생기지도 않았는데 참으로 묘하게 생긴 것들이군 그래."

김동하가 눈을 찌푸리다가 이내 머리를 흔들었다.

김동하가 열어본 서랍에는 한서영의 속옷들이 보관되어 있었다.

자신으로서는 어디에 사용하는 물건들인지 전혀 알 수 없었기에 관심을 끊었다.

그때 김동하와 함께 깔끔하게 목욕을 마친 포메라니안이 한쪽에서 물기에 젖은 몸은 흔들며 남은 물기를 털어내다가 김동하의 곁으로 다가왔다.

"멍!"

포메라니안의 입에는 파우더실의 앞쪽에서 본 서랍 속의 천조각과 같은 것이 물려 있었다.

붉은색의 레이스가 수놓아진 한서영의 속옷이었다.

김동하가 눈살을 찌푸렸다.

"아서라. 네가 그것을 왜 가져오는 것이냐?"

김동하는 포메라니안이 물고 있는 한서영의 속옷을 뺏으려 했다.

하지만 이미 포메라니안은 자신이 선택한 붉은색의 천조각(?)이 마음에 드는 것인지 그것을 물고 거실로 나가버렸다.

김동하가 이내 포메라니안을 따라가려다가 서랍 속에 같은 모양의 천들이 수십 개나 되는 것을 보며 머리를 흔들었다.

"설마 저것 하나 물고 갔다고 한서영 낭자가 화를 내겠는가? 여기 같은 모양의 천이 수십 개는 될 터인데……."

한서영이 들었다면 질겁할 상황이었지만 정작 김동하는 자신의 몸을 가릴 것이 없다는 것에 실망할 뿐이었다.

김동하가 다시 서랍을 닫았다.

옷장 안에 자신이 입을만한 옷이 없자 약간 실망한 김동하가 힐끗 한서영이 잠을 자는 침대를 바라보았다.

침대 위에는 엷은 여름용 이불이 놓여 있었다.

솜이 들어 있지 않았기에 얼핏 사각형의 천으로 보일수

도 있는 여름용 이불이다.

크기도 적당해서 몸을 가리기에는 그야말로 참으로 적당한 것이라고 할 수가 있었다.

또한 눈이 부실 만큼 하얀 색이었다.

김동하가 이내 이불을 걷어내고 자신의 몸을 둘렀다.

이불은 김동하의 상체를 가리고 타월로 두른 하반신 까지 완벽하게 가렸다.

몸을 가린 김동하가 코를 킁킁거렸다.

"천에서 참으로 좋은 냄새가 나는구나."

김동하가 이불로 몸을 가린 후 거실로 나가다가 이마를 찌푸렸다.

이불에는 매듭이 없어서 감싸고 있는 부분을 손으로 꼭 잡고 있어야 한다는 것을 느낀 것이었다.

허리쪽을 묶을 수 있는 끈이 있다면 적당하겠다고 생각한 김동하가 주변을 두리번거리다가 머리를 흔들었다.

"그러고 보니 좀 전에 적당한 것을 본 것 같은데… 버린 것 같으니 사용해도 날 탓하진 않겠지."

김동하가 파우더실의 앞으로 걸어갔다.

포메라이언이 하나를 물고 갔기에 하나가 남아 있었다.

끈이 달린 기묘하게 생긴 천 조각이었다.

불편하게 두 개의 볼록한 부분이 있었지만 몸을 감싸고 있는 허리부분을 묶기에는 참으로 적당한 끈이었다.

김동하가 집어든 것은 한서영이 사용하는 브래지어였다.

한 개의 브래지어를 집어낸 김동하가 끈의 양쪽에 실처럼 가는 고리가 끼워져 있는 것을 발견했다.

"이것을 여기에 걸면 적당하겠구나."

김동하는 자신의 허리에 한서영의 브래지어를 채웠다.

이내 완벽한 모습으로 김동하의 몸이 감싸였다.

다만, 불편한 것이 등쪽으로 두 개의 혹같은 것이 느껴졌다.

하지만 딱딱하지 않고 부드러운 느낌이었기에 그다지 크게 불편한 느낌은 없었다.

한서영이 사용하는 이불로 몸을 가리고 그녀의 브래지어로 이불을 고정한 김동하의 모습은 참으로 기묘했다.

하지만 오랜만에 목욕을 하고 몸을 깔끔하게 씻은 김동하의 모습은 참으로 헌앙했다.

특히 길게 늘어진 머리칼은 너무나 신비한 느낌을 안겨주었다.

거실로 나온 김동하는 아파트의 베란다쪽 창문 아래에서 좀 전에 물고나온 한서영의 속옷을 입에 물고 머리를 흔들어대는 포메라니안의 모습을 보았다.

포메라니안도 오랜만에 김동하와 함께 몸을 씻은 게 좋았던 것인지 연신 꼬리를 흔들어 대고 있었다.

김동하가 빙긋 웃었다.

"너도 기분이 좋은 것이더냐?"

"멍!"

포메라니안이 짧게 짖었다.

김동하는 잠시 한서영과 처음 만났을 때 이곳에서 보았던 한수의 풍경을 바라보았다.

밤의 풍경과는 너무나 다른 그야말로 한눈에 한강변의 모습이 내려다보이는 풍경이었다.

김동하의 눈이 깜박였다.

"천공불진이 나를 이곳으로 이끌어 왔으니 언젠가 다시 천공불진을 열 수 있는 방법을 찾는다면 돌아갈 수도 있을 것이다."

혼잣말로 나직하게 중얼거리는 김동하의 눈에 아스라하게 멀어지고 있는 느낌의 예전 한양성도의 모습이 주마등처럼 흐르고 있었다.

* * *

"어떻게 그럴 수 있는 거지?"

한서영은 김동하와 헤어진 이후 한동안 집중을 하지 못하고 있었다.

누군가의 품에 안겨 하늘을 날아본 적도 처음이고 자신

스스로 누군가의 목을 끌어안아 보기도 처음이었다.

인간이 하늘을 난다는 것은 판타지 장르의 외국 영화나 예전에 아빠가 간혹 보던 중국무협드라마에서 보던 장면이다.

현실에서는 절대로 일어날 수 없는 장면이었다.

하지만 오늘 이른 아침에 그녀에게 일어난 일은 꿈이 아닌 현실이었다.

그때였다.

"피곤하지?"

보고서를 작성하던 한서영의 눈앞에 무언가 내려지고 있었다.

시원한 캔 커피였다.

고개를 들어 올리는 한서영의 눈에 빙그레 웃고 있는 인턴동기 유상태와 연유를 알 수 없는 묘한 미소를 머금고 있는 최태영의 모습이 보였다.

한서영의 눈이 껌벅였다.

최태영이 입을 열었다.

"아까 영안실로 한강에서 인양한 자살자의 시신을 인도하라고 보낸 것은 내가 좀 장난을 친 거였는데… 심했다면 사과하지."

최태영은 지금까지와는 전혀 다르게 한서영을 대하고 있었다.

한서영이 멍한 표정을 지었다.

"무슨 뜻이에요?"

최태영이 웃었다.

"장난 친 것을 사과한다는 뜻이야."

그때 유상태가 입을 열었다.

"선배님이 서영이 너한테 장난친 게 미안하다고 커피 산다고 하더라."

유상태의 말에 한서영의 이마가 좁혀졌다.

유상태가 중얼거렸다.

"왜 그래? 마셔! 선배가 오랜만에 사는 커핀데… 그리고 선배와 난 좀 전에 너무 참혹한 장면을 보아서 속이 매스꺼워. 두개골이 완전히 부서진 여자아이의 시신이 들어왔거든?"

한서영이 눈을 동그랗게 떴다.

"두개골이 부서졌다고?"

"응! 아파트에서 뛰어내린 여학생 시신이었어. 그 여학생의 부모님이 딸을 살려달라고 울면서 애원하던데… 이미 현장에서 즉사한 시신을 어떻게 살려?"

한서영이 물었다.

"아까 병원으로 들어오던 119 구급차에 실려온 거야?"

"응! 아파트 24층에서 뛰어내렸다고 하는데 새벽에 어린 여학생이 그런 선택을 했다는 것이 너무 마음이 아프더라.

여자애 엄마는 아예 응급실에서 실신까지 했어. 응급실의 강인태 선생이 여학생의 사망판정을 내리자 그 부모들이 오열을 하는데 더 이상 보지 못하겠더라고.”

“…….”

한서영은 아무 말도 하지 않았다.

다만, 그녀의 머릿속에 김동하가 천명의 권능을 가지고 있다고 한 말이 떠올랐다.

그것은 어쩌면 어리석은 선택으로 두개골이 깨어져 죽은 여학생도 살릴 수 있는 권능을 가지고 있을까 하는 생각으로 발전하고 있었다.

하지만 이내 고개를 흔들었다.

과학이 아무리 발달하고 의학이 상상할 수 없는 최첨단을 달린다고 해도 이미 죽은 시신을 회생시킬 수는 없는 일이었다.

하지만 김동하는 한강에서 자살해서 죽은 시신을 살리기 위해서 이곳으로 찾아왔다고 했다.

그 말이 여전히 그녀의 가슴속에서 말로 표현하기 힘든 응어리처럼 걸려들고 있었다.

그때였다.

“서영이 네가 오늘 응급실 당번이 아니었던 것이 다행이라고 할 수 있을 거다. 여학생의 온몸이 뇌수와 피로 범벅이 되어 있었어. 그건 안 보는 것이 나았어. 그리고 아까 장난친 거 다시 한번 사과할게."

최태영답지 않은 부드러운 어조였다.

한서영이 눈을 껌벅였다.

당최 적응하기가 힘든, 너무나 확연하게 달라진 최태영의 태도였다.

한서영이 눈을 껌벅이며 입을 열었다.

"무슨 뜻이에요?"

최태영이 고개를 저었다.

"아무런 뜻도 없어. 그냥 선배로서 후배에게 심하게 군 것을 사과하는 것일 뿐이지."

한서영이 눈을 깜박였다.

"적응이 힘드네요. 선배답지 않아요."

최태영이 빙그레 웃었다.

그는 한서영에게 접근하는 방식을 아예 그 근본부터 바꾸기로 작정했다.

최태영이 힐끗 벽쪽의 시계를 보았다.

오전 9시가 막 지나고 있었다.

"9시가 넘어가니까 곧 김 교수님이 나오실 거야. 일요일이라 내과쪽은 외래환자도 그리 많이 없을 것이고 서영이 네가 할 일은 상태가 하면 되니까 보고서 작성 마치면 그냥 오늘은 퇴근해."

한서영이 눈을 껌벅였다.

"퇴근…하라고요?"

"그래. 며칠 동안 계속 야근했을 테니 피곤할거야. 눈도 충혈된 것 같고… 가서 씻고 푹 자고 내일 아침에 출근해."

유상태가 웃으면서 입을 열었다.

"최 선배님이 너 피곤할 거라고 걱정하시더라. 선배님 말대로 네 일은 내가 맡을 테니 오늘은 너도 일찍 들어가라."

"……."

최태영이 하얀 이를 드러내고 웃었다.

한서영의 눈이 깜박였다.

이미 보고서의 작성은 모두 마친 상태였다.

다만, 검토를 하고 누락 부분을 확인하려던 참이었다.

한서영이 최태영을 바라보며 눈을 깜박이자 최태영이 한서영이 작성하고 있던 보고서의 옆에 놓아둔 커피캔을 바라보며 입을 열었다.

"퇴근하더라도 저건 마시고 가라."

자신이 사온 캔 커피다.

한서영이 최태영을 바라보자 최태영이 유상태의 등을 툭 쳤다.

"넌 따라 나와."

"예!"

최태영이 유상태를 데리고 다시 방을 나갔다.

한서영이 멍한 얼굴로 방을 나가는 두 사람의 등을 바라보고 있었다.

좀 전에 자신에게 영안실로 가서 시신인수를 하라는 최태영과는 전혀 딴사람처럼 변해버린 모습이었다.

언제나 자신을 보면 괴롭히지 못해서 안달이 난 사람처럼 굴었던 최태영이었다.

한서영이 최태영이 내려놓은 캔 커피를 멍하게 바라보며 중얼거렸다.

"저게 벌써 치매가 온 건가?"

최태영이 들었다면 또다시 티격태격 해야 할 일이었다.

하지만 너무나 확연하게 달라진 최태영의 태도가 이해되지 않는 것은 어쩔 수 없었다.

잠시 캔 커피를 바라보던 한서영이 캔 커피를 들었다.

그리고 방 한쪽에 놓여 있는 키 작은 냉장고를 열고 그곳에 캔 커피를 밀어 넣었다.

의도가 확실하지 않는 최태영의 호의는 아직 한서영에게는 거북하고 부담스러운 일이었기 때문이었다.

비록 검토와 확인을 채 마치지 못한 보고서였지만, 보고서를 한쪽에 놓인 최태영의 책상 위에 올려놓은 뒤 옷을 갈아입기 위해서 한쪽에 둘러놓은 커튼을 걷고 들어섰다.

이내 빠르게 가운을 벗고 옷을 갈아입은 한서영이 가방

을 메고 방을 빠져 나갔다.

퇴근을 하라고 한 최태영의 호의를 거절하고 병원에 남아 있을 생각은 애초에 없는 한서영이었다.

이런 식으로 자신에게 베푸는 호의라면 절대로 사양할 생각이 없는 한서영이었다.

병원의 주차장으로 나온 한서영이 이내 자신의 차에 올라탔다.

부르르르릉—

차의 시동이 걸리고 이내 한서영은 한산한 느낌의 일요일 아침 세영대학 병원을 벗어나기 시작했다.

이런 식으로 일찍 퇴근할 줄 알았다면 아까 김동하를 병원의 옥상에서 기다리게 해서 같이 나갈 수도 있었을 것이었지만 어쩔 수 없는 일이었다.

"잘 들어갔는지 모르겠네?"

혼잣말로 중얼거리던 한서영이 자신의 아파트가 있는 방향이 아닌 다른 방향으로 차를 돌렸다.

오른쪽으로 가면 자신의 아파트가 있는 반포동으로 갈수가 있었지만 한서영은 차의 방향을 틀지 않고 그대로 직진했다.

그녀의 차가 빠르게 동작대교위로 올라섰다.

부우우우우웅—

일요일이었지만 오전 9시가 넘어가자 거리에는 사람들

과 차량들의 통행이 늘어나고 있었다.

서울 남대문 종합의류상가에 세워진 거대한 쇼핑몰인 기린타워는 대한민국 최고의 쇼핑몰이라고 해도 과언이 아니었다.

1년 365일 문이 닫히지 않는 곳으로 알려졌고 주변의 상가와 유동인구로 인해 늘 사람들이 북적이는 곳이었다.

기린타워는 전자기기를 비롯해서 생필품, 잡화, 음식, 의류, 패션, 신발, 미용을 비롯해 상가 내에 영화를 볼 수 있는 시네마 코너와 오락 코너, 액세서리 코너, 보석 코너, 시계 코너 등 거의 모든 물류가 집중되어서 하나의 타워를 형성하고 있었다.

주차장에 차를 세우고 기린타워로 들어서는 한서영의 얼굴은 살짝 상기되어 있었다.

"내가 누군가를 위해서 쇼핑을 해 보기는 처음이네."

한서영의 기억으로는 자신이 누군가에게 선물을 하기 위해 쇼핑을 했던 기억은 없었다.

더구나 남자라면 아빠를 위해 신발을 사러 몇 번 다녀간 적은 있었지만 그 외에는 단 한 번도 없었다.

그런 그녀가 어떤 특별한 남자를 위해서 지금 쇼핑을 하기 위해 기린타워에 들어서고 있는 것이었다.

한서영은 남자들의 옷을 판매하는 기린타워 3층으로 향했다.

기린타워는 한서영이 대학시절부터 자주 찾아오는 곳이었고 간편하고 편한 것을 좋아하는 한서영에게 늘 만족감을 안겨주었다.

한서영의 머릿속에 김동하가 자신을 안고 병동의 옥상으로 날아오를 때 느낀 김동하의 체격이 대충 그려지고 있었다.

키는 180cm 중반이고 상반신이 탄탄한 근육으로 형성되어 있었다.

하반신 역시 상체와 어울릴 정도로 탄탄한 근육이 구성되어 있을 느꼈다.

또한 경황이 없었지만 김동하와 알몸으로 마주한 적이 있었기에 김동하의 전체적인 체격은 대충 그녀의 감각으로 느낄 수가 있었다.

일요일 오전이었지만 기린타워는 명성답게 꽤 북적이는 느낌이었다.

전국 각지에서 올라오는 의류소매상들과 쇼핑객들 그리고 대한민국을 방문해서 이곳저곳을 구경하는 외국인들까지 뒤섞였다.

한서영이 3층으로 올라와 남자의류매장으로 향했다.

수십 개의 상점들이 늘어서 있었고 상점들의 앞쪽에는 최신 유행하는 남자들의 옷들을 걸쳐놓은 마네킹들이 자신들의 패션이 선택되기를 기다리는 듯 세련된 자세로 진열되어 있었다.

한서영은 '마운틴'이라는 이름이 적힌 남자옷 가게로 들어섰다.

의류도매점 마운틴의 종업원 강종일은 가게 안으로 들어서는 늘씬한 체구의 아름다운 미녀를 보며 눈을 껌벅였다.

170cm가 넘는 헌칠한 키에 한눈에 보아도 아름다운 미모가 확연하게 돋보이는 젊은 여자 손님이다.

긴 머리칼은 웨이브 져서 등 뒤로 늘어져 있었고 대충 걸친 것으로 보이는 셔츠와 바지도 독특한 패션 감각으로 느껴질 정도였다.

그런 미녀가 여성복 코너도 아닌 남성복 코너에 들어오는 것은 지방의 의류소매업자일 확률이 크다는 것을 잘 알고 있는 강종일이었다.

한번 거래를 트면 지속적으로 마운틴과 거래를 할 수 있었고 거래가 지속되면 좋은 관계로 발전할 가능성도 높았다.

"어서 오십시오, 손님!"

강종일이 하얀 이를 드러내며 지나칠 정도로 환대했다.

한서영이 눈을 깜박이며 주변을 둘러보았다.

잠시 주변을 둘러보던 한서영이 입을 열었다.

"키는 185cm정도가 되고 체격이 큰 편이에요. 그쪽보다……."

한서영은 자신의 앞에 서 있는 강종일을 살펴보다가 입을 열었다.

"그쪽이 입는 옷보다 두 치수는 더 커야 할 거예요."

강종일이 물었다.

"남자 옷을 찾는 것인가요?"

"네."

"알겠습니다."

강종일은 한서영이 지방의 의류소매업자가 아니라는 것을 알고 살짝 실망한 표정을 지었다가 이내 한서영을 안내했다.

강종일은 한서영이 설명한 대로 그 체격에 맞는 여러 가지의 의류를 내 밀었다.

처음에는 한 벌만 사려던 한서영이 한 벌로는 얼마 지나지 않아 또다시 김동하가 거지꼴로 변할 것이라고 생각해서 모두 세 벌을 골랐다.

티셔츠와 와이셔츠 그리고 얇은 여름용 점퍼를 상의로 골랐고 하의는 청바지 두 개와 면바지 하나를 골랐다.

옷을 비닐백에 담고 계산을 치른 한서영은 다시 남자속옷 코너와 신발 코너.

양말 코너까지 모두 돌아서 김동하에게 입힐 옷을 모두 구입했다.

김동하의 옷을 모두 구입한 한서영이 기린타워를 나선

것은 오전 10시 10분이 막 지나는 시간이었다.

김동하의 옷을 구입하고 나오는 한서영은 묘한 느낌이었다.

마치 자신이 김동하의 신부가 되어 신랑의 옷을 구입한다는 느낌이 들었던 것이다.

자신도 모르게 얼굴이 달아오른 한서영이 머리를 흔들며 인근 주차장에 주차해 놓은 자신의 차로 향했다.

그녀의 손에는 김동하의 옷과 신발이 담긴 쇼핑백이 양손에 들려 있었다.

주차장에서 다시 차를 출고한 한서영은 빠르게 자신의 집으로 향했다.

그녀의 관심은 온통 김동하에게로 향하고 있었다.

믿기지 않는 김동하의 내력을 오늘 모두 들어볼 생각이었기에 마음이 급해지는 그녀였다.

* * *

주변의 시선도 느껴지지 않았고 수군거리는 소리도 들리지 않아서 무척이나 편했다.

거실의 소파에 앉아서 조용히 눈을 감고 있는 김동하의 모습은 매우 평온해 보였다.

오전 10시가 넘어가면서 날씨는 더워지고 있었지만 김

동하는 덥다는 생각이 들지도 않았다.

천공불진을 열고 이곳에 도착한 이후, 처음으로 너무나 편한 기분을 느끼고 있는 김동하였다.

더구나 특유의 아파트 단지의 고요한 정적은 그런 김동하에게 느긋한 여유까지 선물로 남겨주고 있었다.

김동하의 발아래는 한서영의 속옷을 다리 사이에 깔고 얼굴을 숙인 채 포메라이언이 졸고 있었다.

포메라이언 역시 오랜만의 평온한 휴식을 느끼는 것인지 너무나 곤한 단잠에 빠진 모습이었다.

김동하는 한서영의 안방과 거실의 모습만 보았을 뿐 다른 방은 열어볼 생각도 하지 않았고 관심도 없었다.

안방과 붙어 있는 방은 한서영이 공부를 하는 방이었고 방 안에는 한서영이 공부를 하던 전공책과 해외자료로 수집한 원문의 의학책들이 가득 책장에 채워져 있었다.

다른 방은 간혹 자신의 집에 손님이 찾아올 경우 손님이 머물 수 있도록 만들어진 손님용 방이었다.

하지만 김동하는 한서영의 집에 그런 방이 있다는 것조차 모르는 상황이었다.

이제는 목이 말라도 문제가 없었다.

물이 어떻게 나오는 것인지 이제는 확실하게 알았기 때문이었다.

목욕을 마친 후의 쾌적함과 함께 찾아오는 나른함은 해

동무의 무량기로 채워진 김동하조차도 살짝 졸게 만들 정
도로 느긋한 여유를 만들었다.

10시 30분이 막 지나고 있었다.

삐비비비빅—

또르르릉—

찰칵—

졸고 있는 김동하의 귀에 현관에서 묘한 소리가 들려왔
다.

김동하의 발아래 엎드려서 졸고 있던 포메라니안이 잠에
서 깬 채 머리를 번쩍 들어올렸다.

이내 문이 열리는 소리와 함께 누군가 아파트의 안으로
들어섰다.

김동하의 옷을 구입한 한서영이 돌아온 것이었다.

원래는 오후 6시가 넘어야 병원에서 퇴근해서 돌아올 수
있었지만 한서영에 대한 접근방법을 바꾼 최태영의 엉뚱
한 호의로 인해서 일찍 돌아온 것이었다.

한서영은 아파트의 중간 문을 열고 거실로 시선을 돌렸
다.

소파에 김동하가 앉아 있는 모습이 보였다.

순간 한서영의 눈이 커졌다.

거지꼴을 하고 있었을 때의 김동하와 너무나 달랐다.

참으로 헌앙한 사내 한명이 소파에서 자신을 바라보고

있었다.

다만, 옷을 벗고 있을 것이라고 걱정을 했는데 무언가로 몸을 칭칭 감고 있다는 것을 알자 잠시 안도감이 느껴졌다.

"멍!"

김동하의 발아래 엎드려 있던 포메라니안이 짧게 짖으며 한서영을 바라보았다.

포메라니안의 꼬리가 사정없이 좌우로 흔들리고 있었다.

포메라니안은 한서영이 구면이었기에 친근감을 느끼는 모양이었다.

한서영이 포메라니안을 바라보다가 눈을 동그랗게 떴다.

"어머! 그게 뭐야?"

한서영은 포메라니안의 다리 아래 깔린 진홍의 천 조각을 바라보았다.

그때 김동하가 일어섰다.

"늦게 오실 줄 알았는데 일찍 돌아오셨군요, 한서영 낭자."

순간 한서영의 입에서 뾰족한 비명소리가 흘러나왔다.

"꺅!"

김동하는 한서영이 갑자기 비명을 지르자 놀란 얼굴로

한서영을 바라보았다.

한서영의 얼굴이 시뻘겋게 달아오르고 있었다.

"지, 지금 뭘 걸치고 있는 거예요? 저건 또 뭐고?"

한서영은 김동하의 허리춤에 걸려 있는 것이 자신의 가슴을 가리는 브래지어라는 것과 포메라니안이 깔고 있는 것이 그녀의 속옷이라는 것에 질겁을 하고 있었다.

김동하가 입을 열었다.

"낭자에게 또 민망한 모습을 보일 수 없어서 이렇게라도 걸치고 있었습니다. 적당하게 걸칠 것을 찾아보니 소생이 걸칠만한 것이 없어서 대충 몸을 가릴 것을 찾아보다가 이렇게 되었습니다."

한서영이 새빨개진 얼굴로 소리쳤다.

"내가 말하는 건 그 허리에 두르고 있는 것을 말하는 거예요."

자신의 속옷이 외간남자의 허리에 둘러진 것을 보고 놀라지 않을 여자는 없을 것이다.

더구나 너무나 민망한 모습으로 허리에 둘러진 것을 보며 저절로 얼굴이 달아오르는 한서영이었다.

김동하가 힐끗 자신의 허리를 내려다보다가 입을 열었다.

"목간실의 앞쪽에 떨어져 있던데 보아하니 버린 것 같아서 주워서 사용했습니다."

한서영의 이마에 혈관이 튀어나왔다.

"버린 거라니요?"

김동하가 대답했다.

"그 목간의 앞 입구 바닥에 버려진 것이었소. 몸을 가리고 묶을 수 있을 것을 찾다보니 어쩔 수 없었소, 민망한 모습을 또다시 보인다는 것이 싫어서 그랬을 뿐입니다."

"그걸 내가 버린 것으로 생각했다고요?"

한서영이 김동하의 허리춤에 걸린 자신의 브래지어를 보며 이를 악물었다.

피곤했던 탓에 벗어놓은 속옷을 세탁기에 넣지 못했던 것이 너무나 후회스러웠다.

김동하가 대답했다.

"소생으로서는 그렇게 생각할 수밖에 없었습니다. 허나 버리지 않은 것이라고 한다면 미안합니다. 다시 돌려드리지요."

김동하가 다시 브래지어를 풀려고 하자 한서영이 빽 소리를 질렀다.

"빨리 풀어요."

"허! 그 참 소리를 지를 일은 아닌 것 같은데 민감하시구려."

"이, 이……."

한서영의 얼굴이 목덜미까지 새빨갛게 달아올랐다.

한서영은 잔뜩 화가 난 얼굴로 포메라니안이 깔고 있는 자신의 속옷을 신경질적으로 낚아챘다.

"너도 이리 내 놔!"

"멍!"

포메라니안은 한서영이 자신의 배 밑에 깔린 속옷을 낚아채자 콱 물어버렸다.

뺏기기 싫은 것이었다.

한서영이 며칠 동안 인턴근무로 할 때 속옷에 배어든 체향과 땀 냄새가 포메라니안에게는 마약과 같은 향기로 느껴졌기 때문이었다.

한서영은 자신의 속옷을 강아지가 깔고 있다는 것이 창피하고 자신의 브래지어가 김동하의 허리에 걸려 있다는 것이 죽을 만큼 부끄러웠다.

한서영이 이를 악물었다.

"이 인간과 만나면 왜 늘 이 모양이야? 씨이~ 놔! 이 새끼야!"

한서영이 와락 짜증을 내면서 자신의 속옷을 당기자 포메라니안이 아예 입으로 콱 물고 있어서 포메라니안의 몸이 허공으로 떠올랐다.

한서영은 손에 자신의 속옷을 들고 포메라니안을 떨어트리려 흔들었지만 말 그대로 포메라니안은 대롱대롱 매달린 자세로 흔들렸다.

한서영의 얼굴이 시뻘겋게 달아올랐다.

처음은 알몸으로 만났고 두 번째는 자신의 속옷으로 인해 소동이 벌어졌다.

김동하가 투덜거렸다.

"이건 왜 잘 안 풀리는 건지 모르겠군? 채울 때는 쉬웠는데……"

김동하가 브래지어의 고리를 풀기위해 끙끙대고 있는 모습이 보였다.

찌익—

한서영의 속옷을 물고 대롱거리던 포메라니안의 이빨에 결국 한서영의 속옷이 찢어졌다.

다행히 절반으로 찢어진 것이 아니라 천의 겉면만 살짝 찢어진 모습이었다.

순간 한서영의 얼굴이 일그러졌다.

포메라니안이 한서영에게 졌다는 아쉬운 듯한 얼굴로 속옷을 놓고 물러섰다.

포메라니안에게서 억지로 속옷을 회수한 한서영이 새빨갛게 달아오른 얼굴로 김동하에게 다가섰다.

"이리 와요."

한서영이 김동하의 허리에 채워진 자신의 부끄러운 브래지어의 고리를 손쉽게 풀어냈다.

온몸이 달아오른 느낌이었다.

또다시 김동하에게 자신의 알몸을 보인 것 같이 부끄럽고 황당했다.

도무지 이 상황에서 어찌 할 바를 모를 지경이었다.

한서영이 빨갛게 달아오른 얼굴로 잠시 김동하를 쏘아보다가 바닥에 내팽개치듯 자신이 가져온 쇼핑백을 던지고 자신의 방으로 향했다.

쾅—

안방의 문을 난폭하게 열고 들어간 한서영이 소리 나게 문을 닫아버렸다.

이어 손을 뻗어 잠금장치까지 눌렀다.

딸칵—

자신이 잔뜩 화가 난 것을 김동하에게 알리고 싶었던 것이었다.

안방은 엉망이 되었을 것이라고 생각했던 한서영의 짐작과는 달리 거의 손을 댄 흔적이 보이지 않았다.

한서영은 저번에 집에 귀가했을 때 속옷을 세탁기에 넣지 않았던 것을 뼈가 사무칠 정도로 후회하고 있었다.

욕실의 문을 열어보았지만 욕실은 생각 외로 깨끗하게 치워져 있었다.

다만, 욕실의 바닥에 물기가 아직 마르지 않고 남아 있었기에 목욕을 했다는 증거로 남아 있었다.

다만, 욕실의 입구쪽 파우더실 화장대 위에 서너 개의 타

월이 접혀 있었다.

안방과 욕실을 살펴본 한서영이 붉어진 얼굴로 자신의 속옷을 내려다보다가 어이가 없어 피식 웃었다.

이어 한서영의 머릿속에 허리에 자신의 브래지어를 감고 약간 놀란 모습으로 엉거주춤 서 있던 김동하의 모습이 떠오르자 자신도 모르게 웃음이 터지기 시작했다.

"크크큭 미치겠네. 어떻게 그걸로 허리를 채워? 그리고 강아진 또 뭐야, 흐흐흑."

아무리 과거에서 살다온 사람이라고 하더라도 그것으로 허리를 채울 것이라곤 상상조차 할 수가 없었던 한서영이었다.

한번 터지기 시작한 웃음은 좀처럼 그치지 않았다.

한서영은 자신의 웃음소리가 김동하에게 들리지 않게 하기 위해 애를 썼다.

결국 그녀는 자신의 침대 위로 엎어져 베개를 머리에 쓰고 웃음을 터트렸다.

"끅끅끅. 누가 이 이야기를 들으면 날 미쳤다고 할 거야. 끅끅."

온몸을 부르르 떨며 터져 나오는 웃음을 삼키는 한서영이었다.

침대에 엎어진 한서영의 두 다리가 버둥거리고 있었다.

할 수만 있다면 집이 떠나가라 웃고 싶었지만 절대로 그럴 수는 없었다.

한편, 잔뜩 화가 난 얼굴로 방으로 들어가버린 한서영을
보면서 김동하가 불편한 듯 이마를 찌푸렸다.
"그게 뭐길래 저러지?"
머리를 흔들던 김동하가 이내 한서영이 바닥에 던져놓은
쇼핑백 봉투를 살폈다.
봉투 안에는 김동하가 인왕산에서 내려와 보았던 현대의
사람들이 입는 옷들이 들어 있었다.
또한 사람들의 발에 신겨진 신발까지 들어 있었다.
잠시 옷을 살피던 김동하가 고개를 들어 안방을 바라보
았다.
거실은 화가 잔뜩 난 한서영이 들어간 뒤로 그야말로 얼
음장 같은 침묵이 흐르고 있었다.
김동하로서는 한서영이 침대에 엎어져 꺽꺽거리며 웃고
있을 것이라곤 상상조차 하지 못하고 있었다.
"한서영 낭자가 저리 화를 낼 만큼 그게 중요한 것이었던
가? 손바닥보다 작은 작은 천과 볼록한 것이 달린 끈 조각
이었을 뿐인데……."
잠시 미안한 표정으로 안방을 살피던 김동하가 한서영이
사온 쇼핑백을 살펴보고 이내 다시 제자리에 놓았다.
자신에게 주려고 사온 듯한 옷이었지만 한서영의 허락도

받지 않고 덜컥 입을 수는 없었다.

한참을 침대 위에서 베개를 쓰고 버둥대던 한서영이 시뻘게진 얼굴로 일어섰다.

언제나 자신이 집으로 돌아오면 옷을 벗고 샤워부터 했던 한서영이었다.

하지만 지금은 그럴 수가 없었다.

김동하와 포메라니안에게 자신이 벗어놓았던 속옷이 들켰으니 아예 옷을 벗을 생각이 들지 않았다.

욕실로 들어선 한서영이 잠시 욕실을 살피다가 이내 변기의 뚜껑을 들어올렸다.

변기의 뚜껑을 들어 올린 한서영의 얼굴이 굳어졌다.

"이게 뭐야?"

변기 속의 물이 작은 홈에 조금 남아 있을 뿐 거의 보이지 않았다.

"뭐야? 왜 이래?"

변기의 옆쪽 레버를 누르자 이내 맑은 물소리가 들리며 변기 속에 물이 가득 채워졌다.

쿠르르르르르르.

변기의 물이 빠져 나가자 물은 원 상태로 돌아왔다.

잠시 변기 속 물의 상황을 보던 한서영의 눈이 치켜떠졌다.

"혹시?"

한서영이 재빨리 안방을 통해 다시 거실로 나왔다.

김동하가 소파에 침대 위에 있던 자신의 이불로 몸을 가리고 앉아 있는 것이 보였다.

그 모습이 참으로 기묘했다.

좀 전에 자신이 김동하의 모습을 떠올리고 참을 수 없었던 웃음을 터트렸다는 것을 숨긴 한서영이 물었다.

"혹시 욕실의 변기 물을 사용했어요?"

김동하가 얼굴을 찌푸렸다.

"변기 물이라는 것이 무엇이오?"

한서영이 대답했다.

"욕실에 들어가면 좌측에 있는 변기 말이에요. 뚜껑으로 덮어놓았던 것이 변기예요."

김동하가 눈을 껌벅이다가 대답했다.

"물을 어디서 구해야 하는 지 알 수가 없어서 찾다가 항아리같이 생긴 것의 뚜껑을 열어보니 그곳에 조금 물이 있어서 그것으로 씻었소. 그러다 나중에 소생이 낭자를 처음 보았던 그 목간통에서 물이 나오는 것을 알고 그쪽에서 씻었지요."

한서영의 얼굴이 시뻘겋게 달아올랐다.

다시 웃음이 터지려 한 것이었다.

"쿡!"

참으려 했지만 결국 그녀의 입을 뚫고 웃음소리가 흘러

나왔다.

자신의 속옷이 강아지와 김동하의 노리개가 된 분풀이가 어느 정도 가라앉은 느낌이었고 꼭 앙갚음을 한 기분이었다.

김동하는 한서영의 얼굴이 시뻘겋게 변하자 한서영이 또다시 화가 난 것이라고 생각했다.

"아! 그 물은 사용하면 안 되는 것이었소? 몰라서 그런 것이니 용서해 주시길 바라오. 근데 변기라는 것이……."

한서영은 터지는 웃음을 참고 입을 열었다.

"알 것 없어요. 그리고 앞으로는 절대로 안방으로 들어올 생각하지 말아요. 그쪽이 사용해야 할 욕실은 이제 이곳이에요."

한서영은 거실의 작은 방 옆쪽에 붙은 욕실의 문을 열었다.

거실의 욕실은 욕조가 없고 유리로 만들어진 칸막이 샤워실과 변기뿐이었다.

김동하는 한서영이 열어준 문을 통해 안을 들여다보았다.

안방의 욕실과 비슷해 보였지만 욕조 대신 투명한 유리 칸막이로 샤워실이 분리되어 있다는 것뿐이었다.

한서영은 어쩐 일인지 김동하를 자신의 집에서 내보낼 생각이 들지 않았다.

만약 김동하를 다시 내보낸다면 얼마 지나지 않아서 거지꼴로 변할 것 같았다.

과거의 사람이었기에 컴퓨터를 할 줄 모르고 현대의 모든 시설조차 무엇을 하는 것인지 알지 못하는 그야말로 한 살짜리 어린아이와 같이 천진한 사람이라는 것을 알았기 때문이었다.

당분간 어쩔 수 없이 김동하와 같이 지내야 한다는 생각뿐이었다.

더구나 자신은 며칠에 한번 집으로 돌아올 뿐이니 김동하와 그렇게 많은 시간을 보내지 않아도 되었다.

김동하가 눈을 크게 떴다.

"아니, 집안에 목간이 두 곳이나 있었소?"

김동하의 말에 한서영이 고개를 끄덕였다.

"당신이 살았다고 하는 그때와는 달리 지금은 모든 것이 이 공간 안에서 이루어져요. 씻는 것도 그렇고 화장실을 가거나 음식을 만드는 것까지 모두 말이에요."

김동하가 물었다.

"소세(세수)를 하거나 목간을 하는 것은 물이 쉬이 나오니 이곳에서 한다고 해도 음식을 하려면 화목이 있어야 하지 않소? 요즘은 여름이니 화목을 구하지 않아도 그리 큰 불편은 없을 것이지만 곧 날이 추워지고 구들을 덥히려면 화목이 있어야 할 터인데… 내 한서영 낭자의 도움을 받게

되었으니 낭자에게 화목만큼은 넉넉하게 가져다 드리리다. 근처에 화목으로 쓸 나무도 지천인 것을 확인하였으니 문제없소. 다만, 화목을 가져오긴 해도 놓을 곳이 마땅찮은데 화목을 놓을 곳이 어딘지만 말해주시구려."

한서영이 이마를 찌푸렸다.

"화목이 뭔가요?"

"나무를 해서 가져다 놓아야 아궁이에 불을 지필 것이 아니오? 과년한 규수께서 그런 것도 알지 못한단 말이오?"

한서영이 어이가 없다는 얼굴로 김동하를 바라보았다.

잠시 김동하를 바라보던 한서영이 입을 열었다.

"정말 500년 전 조선시대에서 살다온 남자가 맞네요. 조선남자 김동하씨."

"소생은 거짓말을 하는 사람이 아니오."

한서영이 입을 열었다.

"여기 어디에 아궁이가 있는지 확인했나요?"

"그게… 한서영 낭자가 절대로 집안의 물건을 건드려선 안 된다고 당부하신 탓에 살펴보지 못하였소. 전에는 경황이 없어서 살피지 못하였지만."

한서영이 몸을 돌렸다.

"이쪽으로 와 봐요."

한서영이 주방 쪽으로 걸음을 옮겼다.

김동하가 그런 한서영의 뒤를 쭈뼛거리며 따랐다.

여전히 한서영의 여름 이불을 덮어쓰고 두 손으로 이불 자락을 꼭 쥔 채 몸을 가리고 있는 모습이었다.

한서영이 주방쪽에서 김동하를 바라보았다.

"여기가 그쪽이 과거에 알고 있던 부엌과 같은 곳이에요."

김동하가 눈을 껌벅였다.

어디에도 아궁이가 보이지 않았기 때문이었다.

"잘 보세요."

한서영이 도시가스의 레버를 풀고 가스레인지의 스위치를 올렸다.

띠띠띠띠띠띳—

화르륵—

몇 번의 발화음과 동시에 가스렌지의 구멍을 통해 푸른 불꽃이 피어올랐다.

김동하의 눈이 커졌다.

한서영이 입을 열었다.

"봐요. 불을 땔 나무를 해 올 필요가 없겠죠? 저절로 불이 나오니까 말이에요."

"참으로 신기하구려."

김동하는 저절로 불이 붙는 것을 보며 놀란 듯이 파란 가스 불꽃을 바라보았다.

화력도 상당했다.

특히 예전처럼 어머니나 주방에서 찬모를 보던 개성댁 아주머니가 아궁이의 불씨를 꺼트리지 않기 위해 잿무덤에 톳불씨를 간수하던 때와는 비교를 할 수 없을 정도로 편한 방법이었다.

 한서영은 자신이 없을 때 김동하가 주방을 사용할 수 있게 가스레인지 사용법을 알려주었다.

 "이건 꼭 사용 후 다시 닫아놓아야 해요. 만약 실수로 가스가 흘러나오면 이 집이 날아갈 수도 있으니 말이에요."

 김동하가 물었다.

 "가스라는 것이 무엇이오?"

 한서영이 실증내지 않고 말해주었다.

 "가스는 불이 붙는 공기를 말하는 것이에요. 아주 오래전 나무들과 석탄들이 땅에 묻혀 있다가 불이 붙을 수 있는 기체로 변하는 것을 가스라고 말하는 거예요."

 김동하가 눈을 껌벅였다.

 "그, 그런게 있었소?"

 한서영이 김동하를 똑바로 바라보며 입을 열었다.

 "그쪽에게 현재에 어떤 것이 있고 어떻게 그런 것을 발명했는지 하나하나 설명할 수는 없어요. 그러니 그냥 그런게 있는가 보다 하고 생각해요. 모르는 것이나 이상한 것은 그쪽이 지금의 현실에 머물고 있으면서 지내다 보면 저절로 알게 될 것이니 말이오."

"알겠소."

김동하는 한서영을 귀찮게 하고 싶은 생각은 전혀 없었다. 오히려 지금의 설명도 과분하다는 것을 알고 있었다.

김동하가 가장 놀란 것은 냉장고였다. 예전에 아버지의 서재에 있던 목책장보다 큰 하얀색의 집채만 한 물건의 문을 열자 그야말로 너무나 시원한 얼음과 물이 들어 있었다. 김동하는 것을 보자 할 말을 잊었다.

과거에는 여름이면 너무 많은 음식을 하지 않았다.

쉽게 쉬고 변질된다는 것을 알기에 보리밥도 이틀 이상은 그냥 두지 않고 먹어치웠다. 국도 한 끼 먹을 정도로만 만들었고 반찬도 거의 한 끼 식사할 것들로 만들어 놓았다. 왕실이나 고관대작 같은 벼슬아치인 경우에는 한겨울에 캐서 보관한 석빙고의 얼음을 이용하여 음식을 보관할 수 있었지만, 사대부나 관직에 오르지 못한 일반 서민들은 그야말로 한여름에 얼음구경하는 것은 하늘의 별 따기였다.

어쩔 수 없이 반드시 보관해야 할 반찬이나 음식 같은 경우는 한여름이면 얼음처럼 찬 물로 변하는 우물 속에 담가서 간신히 변질되는 것을 막았다.

하지만 그것도 어쩔 수 없는 경우에만 그렇게 해서 음식을 보관했던 것이었다. 간장이나 된장 고추장을 비롯해서 절임이나 염장을 한 것은 오래 버틸 수 있었지만 그것도

많이 하는 것은 금했다.

특히 된장은 비 오는 날이면 절대로 된장독의 뚜껑을 여는 것을 금했다. 된장에 빗물이 닿을 경우 된장을 버려야 하기 때문이었다. 빗물 속에 숨어 있는 미생물이 원인이 되어 벌레가 꼬인다는 것은 과거 주방 일을 하는 아낙들에게는 상식과 같은 일이었다.

* 본문에서 언급하는 고추장을 만들기 위해서 반드시 필요한 고추라는 작물은 현재까지 알려진 바대로 조선의 14대 임금인 선조 때 임진왜란 당시 왜병에 의해서 조선에 전해졌다고 알려졌습니다. 그러니 주인공 김동하가 살던 조선의 10대 임금이었던 연산군 시절에는 고추라는 식물이 존재하지 않았다고 생각할 수 있습니다. 하지만 실제 중국의 삼국지 위지동이전이라는 책에서 언급하기를 '반도쪽의 동이에는 고초(苦草, 苦椒)라는 향료를 쓴다'라고 기록되어 있는 것이 확인되었습니다. 현재까지의 일반적 견해로는 임진왜란 이전에는 한국에 고추가 전해지지 않았다고 알려졌으나 현재의 학계에서는 고추가 고구려시절 만주쪽에서 반도쪽으로 전해진 것으로 보는 시각도 있습니다. 따라서 소설의 설정으로 당시에 조선에 고추가 존재했다고 설정하였습니다.

그 모든 것이 더운 여름철에 음식이 상하는 것을 방지하기 위해서였다.

하지만 500년이라는 세월이 흐른 지금은 한여름에도 얼마든지 음식을 만들어도 상관이 없었다.

이처럼 신기한 냉장고라는 물건이 있으니 말이다.

김동하의 눈이 반짝이고 있었다. 한서영이 설명하는 걸들을 때마다 모든 게 신기하고 놀라웠기 때문이다.

한서영의 말을 듣고 있던 그때 김동하의 얼굴이 굳어졌다.

찌르르르르르.

김동하의 가슴에서 이곳에 도착한 이후 새로 느끼게 된천능의 감각이 다시 느껴졌다.

"이건……."

한서영은 갑작스럽게 달라지는 김동하의 얼굴을 보며 표정이 굳어졌다.

"뭐예요?"

김동하가 한서영을 바라보며 굳은 얼굴로 입을 열었다.

"곧 이곳 근방 어느 곳에서 사람이 죽게 될 거요."

김동하의 말에 한서영의 눈이 부릅떠지고 있었다.

"뭐라고요?"

"이곳에 도착해서 새로 알게 된 천능의 또 다른 감각이오. 사람의 죽음을 미리 예감한다는 것인데……."

한서영은 김동하의 말이 믿기지 않았다.

미리 사람이 죽게 될 것을 예감한다는 것은 그야말로 신의 능력과도 같았다. 병원에서 김동하가 한 말도 확실하게 믿어지지 않았지만 지금의 김동하의 말도 그대로 받아들이기가 힘들었다. 그때였다.

콰콰콰쾅—

엄청난 폭발음이 들림과 동시에 한서영의 아파트 전체가 흔들렸다. 마치 대규모의 지진을 만난 듯한 충격이 아파트를 흔들었다.

와장창—

닫혀 있던 한서영의 아파트 거실 창문 유리가 깨어져 나가고 가구들이 흔들렸다.

주방쪽에 올려놓았던 그릇들이 쏟아져 내렸다.

"깨개갱."

김동하의 발아래서 주방을 어슬렁거리던 포메라니안이 다급한 비명을 지르며 구석으로 피해서 달아났다.

"가스폭발이다."

"102동 12층이야."

한순간 사방에서 고함소리가 들려왔다. 그야말로 한가로운 일요일 오전의 고요한 정적을 단번에 날려버리는 듯한 폭발이었다.

폭발의 여파는 컸다. 사방에서 유리가 깨어지는 소리가

들려왔고 다급해하는 비명소리도 들렸다. 한서영과 김동하가 유리가 깨어진 거실 쪽으로 달려갔다.

유리파편이 어지럽게 늘어져 있었지만 유리파편이 튀지 않은 쪽을 조심해서 밟았다.

"불이야."

"아이고! 저걸 어째?"

한서영이 거주하는 아파트의 맞은편 아파트의 12층에서 시뻘건 불길이 치솟고 있었다.

한서영의 얼굴이 하얗게 질려갔다.

"세상에……."

"신고해."

"아이고, 일요일 아침에 웬 날벼락이야?"

사방에서 아비규환을 증명하듯 안타까워하는 소리들이 울려오고 있었다. 김동하는 거실의 창쪽으로 다가가서 난간쪽으로 움직였다. 한서영이 다급하게 물었다.

"뭘 하려고요?"

김동하가 굳은 얼굴로 입을 열었다.

"저곳을 가보아야 할 것 같소. 소생의 감각이 틀리지 않는다면 저곳에는 어린아이들과 두 명의 어른들이 있소."

"뭐라고요?"

"서두르면 모두 살릴 수 있을 거요. 다른 사람이 도착하기 전에 말이오."

김동하는 자신의 무량기에 느껴지는 희미한 생기를 감지하고 있었다. 두 명의 어른 중 한명의 기척은 사라졌지만 어린아이 둘과 희미하게 느껴지는 한명의 어른에 대한 생기는 감지할 수 있었다.

한서영이 놀란 얼굴로 물었다.

"사, 살릴수 있다고요?"

김동하가 한서영을 바라보며 대답했다.

"나에게 하늘의 천명을 대신하는 권능이 있다고 하지 않았소."

"그게 정말이란 말이에요?"

"믿지 못한다면 잠시 후 저곳으로 와서 직접 보시구려."

말을 마친 김동하가 아파트 베란다의 난간을 통해 나가려 하자 한서영이 다급하게 입을 열었다.

"지금 그 모습으로 나가려는 거예요? 그리고 여기서 저곳으로 바로 간다고요?"

"왜 그러면 안 되는 것이오?"

지금의 김동하의 모습은 얇은 홑이불로 몸을 가리고 있는 모습이었다. 행여 이대로 밖으로 나간다면 치한이나 미치광이의 취급을 받을 수도 있었다.

한서영이 빠르게 입을 열었다.

"저기 거실에 그쪽 옷을 사왔어요. 일단 그것으로 갈아입어요."

한서영의 말에 김동하는 자신의 모습을 내려다보았다. 거지꼴은 면했지만 그렇다고 지금의 모습도 정상은 아니었다. 혀를 찬 김동하가 잠시 불길이 타오르고 있는 건너편 아파트 12층을 바라보고 나서 재빨리 몸을 돌렸다.

김동하로서는 한서영이 옷을 사온 것이 고마웠지만 어디서 옷을 갈아입어야 할지 판단이 서지 않았다.

옷이 들어 있는 쇼핑백을 들고 주변을 둘러보다가 좀 전에 한서영이 알려준 거실의 욕실로 들어갔다.

한서영이 사온 쇼핑백 전부를 들고 욕실로 들어갔지만 속옷 따위를 입을 시간은 없었다.

그는 청바지와 얇은 여름셔츠를 걸치고 다시 나왔다.

신발은 신지도 않은 김동하였다.

한서영이 그런 김동하를 보며 입을 열었다.

"그 모습으로 여기서 저기까지 날아간다면 오늘 밤에 그쪽의 얼굴이 대한민국 전체에 다 알려질 거예요. 지금 여기 아파트에 사는 주민들 모두가 저곳을 바라보면서 발을 구르고 있어요. 이렇게 나가게 되면 그 사람들의 눈을 피하지 못할 거예요. 아마 거리도 마음대로 돌아다니지 못할 텐데 괜찮겠어요?"

한서영의 말에 김동하가 멈칫했다.

잠시 눈을 껌벅이던 김동하가 주변을 둘러보다가 한 가지 생각이 떠올랐다. 김동하가 잠시 한서영을 바라보다가

급하게 다시 안방 쪽으로 다가갔다. 그때 한서영은 재빨리 김동하가 거실의 화장실에 가져다 놓은 쇼핑백에서 신발을 꺼내었다. 아직 신발끈을 엮지 않은 것이었지만 급한 대로 발바닥은 보호할 수 있을 것이었다.

한서영도 거실용 슬리퍼를 신었다. 깨어진 유리파편이 발바닥에 박힐 경우 곤란해 질 수 있다는 것을 느낀 것이었다. 잠시 후 안방에서 김동하가 튀어나왔다.

한순간 김동하의 얼굴을 바라보던 한서영이 자신도 모르게 기침을 터트렸다.

"쿨럭!"

김동하의 머리 위에는 무언가 둘러씌워져 있었다.

그것은 아까 포메라니안이 입에 물고 한서영과 씨름을 했던 한서영의 속옷이었다.

속옷을 머리에 뒤집어쓰자 아예 두 눈만 보이고 김동하의 얼굴은 전혀 보이지 않았다. 누군가 본다면 완전한 변태로 오인 받을 수 있는 모습이었다.

더구나 자신이 뒤집어쓰고 있는 것이 비록 과거에서 왔다곤 하지만 여자가 절대적으로 타인에게 감추고 싶어 하는 속옷이라는 것을 모른다는 것이 화가 났다.

더구나 덮어쓸 것이 없어서 자신의 속옷을 덮어쓴다는 것이 어이가 없고 황당하기만 했다.

한서영의 얼굴이 일그러졌다.

"지금 뭐하는 거예요? 당장 그것 안 벗어요?"

김동하가 눈을 껌벅이며 물었다.

"낭자의 말대로 소생의 얼굴이 알려질 경우 난감해질 수
있기에 일단 이것으로라도 얼굴을 가리면 좋을 것 같소이
다. 다행히 천이 얇고 소생의 얼굴크기에도 적당한 것 같
으니……."

"벗으란 말이야. 이 자식아!"

한서영이 얼굴이 새빨갛게 달아오른 채 소리쳤다.

그때였다.

퍼퍼펑—

또다시 건너편 아파트에서 폭발음이 들려왔다.

무언가 터지는 듯한 강력한 폭발음이었다.

"꺄악!"

"어머! 어떡해?"

"아이고… 저걸 어째?"

사방에서 다시 안타까워 발을 동동 구르는 소리가 들렸
다. 순간 김동하의 몸이 비조처럼 그대로 베란다의 난간을
타고 빠져 나갔다.

한서영의 아파트는 21층이었고 가스폭발로 화재가 난
곳은 건너편 아파트 12층이다. 베란다가 서로 마주보는
곳은 아니었기에 건너편의 아파트는 베란다가 반대쪽에
있었다. 그 때문에 건너편의 아파트에서 화염과 연기가 빠

져 나오고 있는 것은 아파트의 작은 뒤쪽 다용도실처럼 보이는 작은 베란다였다.

이미 가스 폭발로 모든 유리가 다 터져 나갔기에 불길은 사정없이 위쪽의 아파트까지 넘실거리고 있는 상황이었다. 건너편 아파트의 위층에서는 아무도 밖으로 얼굴을 내미는 사람들이 없었다. 화기와 연기의 특성상 위로 치솟아 오르고 있었기에 그 연기 속을 뚫고 얼굴을 내미는 미련한 사람은 없었기 때문이었다. 그때였다.

"저게 뭐야?"

"뭐야……?"

"어랏?"

사방에서 이구동성으로 놀란 목소리가 터져 나왔다. 한서영도 놀란 얼굴로 김동하가 빠져 나간 베란다를 바라보았다.

너무나 빠른 속도로 한서영의 아파트 베란다를 빠져 나간 김동하가 비조처럼 불길이 일렁이고 있는 건너편 아파트의 12층 뒤쪽 베란다로 빨리듯 날아들고 있었다.

쉬이이이익—

김동하는 조금이라도 지체한다면 불길이 일렁이고 있는 아파트 안에 갇힌 사람들의 신체가 손상될 수 있다는 생각에 조급해졌다.

그 때문에 온몸의 무량기를 최극성으로 끌어올렸다.

파앙—

불길이 치솟는 아파트의 뒤쪽으로 들어서는 순간, 김동하는 전신의 무량기를 전력으로 사방을 향해 터트렸다.

일격에 터트리는 무량기의 기운은 주변의 공기를 한순간에 날려버릴 만큼 강력하고 위력적이었다. 김동하가 터트린 무량기로 인해 한순간 불길이 줄어들었다.

치직—

김동하는 한서영이 준비해 놓은 신발을 신지 않고 있었기에 맨발이다. 그 때문에 가스폭발로 인해 불에 타면서 눌어붙은 아파트 바닥의 플라스틱 액체들이 김동하의 발에 심각한 화상자국을 만들었다.

하지만 김동하는 전혀 얼굴조차 찌푸리지 않았다. 조금 전까지 느껴졌던 이 아파트의 생기는 이제 모두 사라져 있었다.

김동하의 미간이 살짝 좁혀졌다. 엄청난 기세로 타오르던 불길은 김동하가 전력으로 터트린 무량기로 인해서 단번에 줄어들었지만 아직 일부는 다시 불길을 피워 올리고 있었다. 김동하의 눈이 번득였다.

불길이 다시 일어나는 곳을 향해 손을 뻗었다.

후우우웅—

또 한 번의 무량기가 진동하자 화염은 마치 김동하의 손에 의해 조정되는 듯 단번에 사라졌다.

김동하의 미간이 좁혀졌다. 최초의 폭발로 의심되는 아파트 거실 한쪽에 누군가 엎드린 채 누워 있었다.

머리칼의 절반이 화재로 타서 머리에 눌어붙어 있었고 드러난 팔과 다리는 뜨거운 화재의 열기로 인해 마치 고기가 익은 듯 색이 변해 있었다. 가슴은 미동도 하지 않고 얼굴은 바닥으로 향해 있었다.

"쯧! 다행히 몸에서 떨어져 나간 것은 없는 듯하구나."

김동하가 재빨리 엎드린 시신을 안고 반듯하게 뉘었다.

반듯하게 눕혀진 시신은 젊은 여자의 시신이었다.

아마 일요일 아침 느긋하게 늦잠을 자다가 가족들의 늦은 아침식사를 준비하려 했던 모양이었다.

화재로 새까맣게 그을린 여자의 얼굴은 놀란 듯 경직된 얼굴로 눈을 치켜뜨고 있었다. 미처 고통을 느낄 사이도 없이 그대로 즉사를 한 것 같은 모습이었다.

그때였다.

"불이 꺼졌어."

"세상에……."

"방금 저 안으로 날아 들어간 게 뭐였어?"

"사람인 것 같은데?"

"이게 뭔 날벼락이람?"

멀리서 술렁이는 소리가 들렸다.

한편, 김동하가 자신의 아파트 베란다에서 건너편의 베란다로 날아 들어가는 것을 자신의 눈으로 지켜본 한서영은 너무나 놀라서 그 자리에 석상처럼 굳은 얼굴로 서 있었다. 이곳에서 건너편 아파트의 거리는 30m가 넘을 것 같은 거리였다. 비록 세영대학 병원에서 다시 만난 김동하에게 하늘을 날아오르는 엄청난 능력이 있다는 것은 알았지만 지금은 그때의 놀라움과는 또 다른 놀라움이 느껴지고 있었다.

"어, 어떻게 사람이……."

한서영의 놀란 마음을 대신한 듯 이웃한 아파트에서 건너편 아파트를 지켜보던 사람들의 놀란 소리가 들려왔다.

"좀 전에 저것 봤어?"

"사람 같았는데."

"어디서 온 거야?"

"몰라. 갑자기 어디서 튀어 나왔다니까."

사람들의 술렁이는 소리를 듣는 순간 한서영이 주춤하며 물러섰다. 자신의 집에서 김동하가 튀어나갔다는 것을 행여 사람들이 알게 될까 봐 본능적으로 감추어야 한단 생각이 들었다. 뒤로 물러서는 한서영의 발에 자신이 김동하에게 신겨주려던 신발이 채였다.

투욱—

한서영이 신발을 내려다보다가 눈을 깜박였다. 하지만

이내 재빨리 신발을 들고 거실 중앙문을 열고 아파트를 빠져 나갔다.

김동하가 다른 사람들의 눈에 띄는 것을 막고 싶었다.

아마 누구든 김동하의 존재를 알게 된다면 김동하는 평생 사람들의 관심을 받게 될 것이다. 그것은 김동하의 인생에 결코 좋지 않을 것이라고 판단한 것이었다.

어째서 그런 생각이 들었는지 한서영도 한순간 자신의 마음을 판단할 수가 없었다. 다만, 김동하를 감추어야 한다는 생각뿐이었다.

두근두근.

엘리베이터의 버튼을 누른 한서영의 심장이 터질 듯 두근거리고 있었다. 엘리베이터는 1층에 내려가 있었다.

다시 올라오기까지의 몇 초가 한서영에게는 그야말로 몇백 년의 시간처럼 길게 느껴지고 있었다.

조선남자

朝鮮男子

-천능의 주인-

신(神)의 권능(權能)
—천명(天命)의 강림(降臨)

"후우~"

김동하가 자신의 두 손에 조심스럽게 입김을 불어냈다.

순간 김동하의 입을 통해 너무나 신비스럽게 느껴지는 안개처럼 푸른빛을 띤 기운이 흘러나와 두 손을 채우기 시작했다. 한 움큼의 푸른 기운은 흩어지지도 않고 아래로 흘러내리지 않고 그대로 김동하의 두 손에 마치 물처럼 고여 살랑거리고 있었다.

김동하가 조심스럽게 그 푸른 기운을 이미 숨이 끊어진 젊은 여인의 입가에 살며시 가져갔다.

"불시에 변을 당하여 천명을 잃었으나 다행히 소생이 곁에 있어 그대의 명을 돌려드립니다. 부디 남은 생은 더 이상의 변고를 겪지 않기를 바랍니다."

나직하게 말하는 김동하의 눈빛은 물처럼 고요했다.

한순간 불에 타서 눌어붙은 여인의 머리칼이 재생되고 뜨거운 열기로 인해 익어버린 여인의 살에 핏기가 돌기 시작했다. 잠을 자듯 눈을 감고 있는 여인의 얼굴에도 생기가 피어났다. 여인이 다시 천명을 되찾는 것을 본 김동하가 여인을 안고 몸을 일으켰다.

쩌억—

김동하의 발에 엉겨 붙었던 불에 녹아 미끈거리는 플라스틱과 같은 재질이 김동하의 발바닥에서 길게 늘어졌다. 가스폭발로 인해 터져나간 이 집에는 어린 여자아이와 젖먹이 사내아이가 살고 있는 곳이었다. 그 때문에 아이들이 거실에서 넘어져도 다치지 않게 스티로폼 형태의 쿠션이 깔려 있었다. 그것이 화재로 녹아서 뜨거운 액체로 변해 있는 것이었다.

한순간 그 뜨거운 액체들이 김동하의 발 살점을 익히고 뜯어내고 있었다. 김동하의 발아래 시뻘건 핏자국으로 새겨진 발자국이 만들어졌다. 하지만 김동하의 표정은 전혀 변화가 없었다. 마치 자신의 발이 아닌 듯했다. 그때였다. 멀리서 소방차의 사이렌 소리가 들려오고 있었다.

애애애애애앵.

삐뽀삐뽀삐뽀―

고요한 아파트의 정적을 단번에 깨트리는 요란스런 소방차와 119 구급대의 출동이었다.

김동하의 미간이 좁혀졌다. 본능적으로 곧 이곳으로 사람들이 들이닥칠 것이라고 생각한 것이다.

김동하가 폭발로 인해 문짝이 너덜거리는 방으로 여인을 안고 들어갔다. 방 안의 침대 위에는 한명의 어른과 두 명의 어린아이들이 나란히 누워 있었다. 특히 어른으로 보이는 남자가 두 아이를 품에 안고 웅크리고 있는 모습이었다. 아마 집안이 폭발하자 본능적으로 자신의 아이를 보호하기 위해서 껴안은 모양이었다.

김동하가 조심스럽게 천명의 권능으로 다시 살려낸 여인을 침대 위에 올려놓았다.

순간 잠을 자듯 누워있던 여인이 눈을 반짝 떴다.

"흐읍?"

여인은 한순간에 자신이 꿈을 꾼 것이라고 생각한 것인지 너무나 놀란 얼굴로 몸을 일으켰다. 순간 그녀의 눈에 자신을 내려다보고 있는 붉은 얼굴의 괴인을 보며 입을 벌렸다.

"어머! 누, 누구세요?"

여인은 좀 전의 폭발을 아직 인식하지 못하고 있었다.

그저 소름이 끼칠 만큼 무서운 꿈을 꾼 것이라고 생각하고 있는 듯했다. 김동하가 한서영의 속옷으로 얼굴을 가린 채 입을 열었다.

"변고가 있었으나 그대는 무사합니다."

김동하의 말에 여인이 눈을 치켜뜨며 그제야 주변을 두리번거렸다. 한순간 여인의 얼굴이 하얗게 변했다.

"세, 세상에……."

덜덜덜.

여인의 몸이 떨리기 시작했다.

불에 타서 한쪽이 재가 되어버린 자신의 옷과 폭발의 여파로 인해 사방의 유리가 깨진 방 안의 모습이 단숨에 들어오고 있었다.

"꾸, 꿈이 아니었어."

여인이 두리번거리다 다급하게 일어섰다.

"아, 아가! 여보!"

여인은 단번에 밖으로 나가려다 자신의 옆에 남편과 아이들이 있다는 것을 느꼈다.

남편은 두 아이를 몸으로 가리고 웅크리고 있었다.

"여보! 하영아!"

와락—

정신을 차린 여인이 아기와 남편을 흔들었다.

하지만 전혀 미동도 하지 않았다.

"여, 여보! 왜 그래?"

여인의 입에서 울먹이는 소리가 잠시 흘러나오다가 이내 울음보가 터졌다.

"여보! 일어나! 일어나란 말이야. 하영아! 정신 차려. 엄마 여기 있어 허어어엉."

남편과 아이를 동시에 부둥켜안은 여인의 눈에서 한순간에 폭포수처럼 눈물이 흘러나오고 있었다.

김동하가 여인을 내려다보았다.

"남편분이 아이들을 구하려 한 모양입니다만, 화재와 연기가 심해서 그러지 못한 모양입니다."

여인이 울었다.

"내가 죽었어야 했는데… 어젯밤에 가스 불을 확인하지 않았던 건 나였는데… 엉엉."

여인이 남편과 아이들을 안고 몸부림을 쳤다.

김동하가 입을 열었다.

"부인도 천명을 잃었었습니다."

여인이 머리를 돌려 김동하를 바라보았다.

여인의 눈은 초점이 없어보였다. 그 때문에 김동하가 하는 말이 무슨 뜻인지 이해를 하지 못하고 있었다.

"제발 날 대신 죽이고 우리 남편과 아이들을 살려주세요. 엉엉."

여자는 죽은 사람을 살릴 수 없다는 것을 알고 있었지만 기적을 바라는 간곡한 마음으로 눈물을 흘리며 중얼거리고 있었다. 김동하가 여인을 살며시 밀어냈다.

"잠시만 비켜 주시겠습니까?"

김동하가 남편과 아이를 꼭 끌어안고 있는 여인을 살며시 밀어냈지만 여인은 미동도 하지 않았다. 마치 남편과 아이를 놓치면 영원히 죽었다는 것을 인정해야 할 것 같았기 때문이었다. 여인이 남편과 아이들에게 떨어지지 않자 김동하가 어쩔 수 없다는 듯이 머리를 흔들었다.

그때였다.

쾅쾅쾅―

아파트의 현관문을 마치 부술 듯이 두들기는 소리가 들려왔다. 김동하의 눈이 좁혀졌다.

"어쩔 수 없군 그래."

김동하는 여인이 부둥켜안고 있는 여인의 남편에게 또 한 번의 천능을 뽑아내 불어넣었다.

이어서 두 아이들에게도 마찬가지로 불어넣었다. 여인은 초점 잃은 시선으로 김동하가 무엇을 하는 것인지 바라보지도 않고 있었다. 김동하가 여인을 바라보았다.

"부인의 남편분과 아이들의 천명은 모두 돌려드렸습니다. 돌연한 변고로 인해 고초를 겪었으나 실망하지 마시고 다시 천수를 다하길 바라겠습니다. 그럼."

김동하가 몸을 돌렸다. 그때였다.

꿈틀―

아이를 안고 있던 남자의 몸이 꿈틀했다.

순간 여인의 얼굴이 굳어졌다.

"여보!"

남편이 움직인다는 것을 느끼고 이내 아이들까지 움직인다는 것을 느낀 여인이 급하게 남편을 흔들었다.

한순간 남편이 눈을 떴다.

"뭐야?"

남편이 벌떡 일어섰다.

"아아 여보!"

와락—

여인이 남편의 목을 끌어안았다. 동시에 아이들도 일어섰다.

"으응 엄마."

큰딸 하영이가 눈을 껌벅이며 몸을 일으키고 있었고 아직 말도 하지 못하는 젖먹이 막내둥이 진혁이도 칭얼거리기 시작했다.

"아아 여보! 우리 아기들."

여인이 남편과 아이들을 안고 단숨에 눈물을 쏟아내고 있었다. 김동하에게 자신의 천명을 돌려받았다는 것을 꿈에도 모르고 있는 남자가 눈을 껌벅이며 입을 열었다.

"이, 이게 무슨 일이야?"

그때였다.

좌아아아아아아아악—

안방으로 거대한 물줄기가 쏟아져 들어옴과 동시에 현관 쪽에서 철문이 뜯겨 나가는 소리가 들렸다.

콰지지직—

"꺅!"

"엄마!"

"어푸푸푸푸."

정신을 차린 남자가 안방으로 쏟아지는 물줄기를 몸으로 막으며 아내와 아이들을 부둥켜안았다. 그 순간 거실의 반대편으로 누군가 비호처럼 아파트를 빠져 나가고 있었다. 김동하는 자신이 처음으로 아파트로 들어온 위치와는 반대편으로 빠져 나갔다. 역시 무량기를 전력으로 끌어올린 비등연공을 펼치고 있었기에 김동하의 실체를 정확하게 잡는 것이 불가능할 정도로 빠른 움직임이었다.

"뭐야?"

"엇! 저게 뭐야."

"사람인 것 같은데?"

"사람인데 난다고?"

"어어 저게 뭐야?"

가스폭발로 인해 화재가 발생한 다인캐슬 아파트의 103동 1205호의 거실을 통해 비호처럼 튀어나가는 김동하의 모습은 그야말로 섬전처럼 빨랐다.

그 때문에 뒤쪽에서 화재현장을 바라보던 사람들의 눈에 거실을 통해 튀어나온 김동하의 모습은 너무나 충격적인 모습이었다. 더구나 사람이라면 아래로 떨어져 내려야 하지만 내려가기는커녕 마치 날개가 달린 것처럼 허공으로 튕겨져 올라 빠르게 아파트 사이로 날아나갔다.

　"와! 날고 있어."

　"세상에……."

　"이게 믿겨?"

　누군가 화재의 현장을 스마트폰의 카메라로 촬영하며 김동하의 모습을 담았다. 하지만 너무도 순식간에 움직이는 바람에 그의 정확한 모습을 찍는 것이 힘들 정도였다.

　아파트와 아파트의 빈 공간사이로 빠르게 날아서 빠져나가는 김동하의 뒤로 누군가 외치는 소리가 들렸다.

　"생존자가 있어, 모두 4명이야, 무사해."

　"생존자다."

　"뭐야? 생존자라고?"

　화재가 난 아파트로 강제 진입한 소방대원들이 다급하게 외치는 소리였다. 김동하가 싱긋 웃었다.

　파앗―

　김동하의 발이 그대로 다인캐슬 105동의 아파트 옆면을 찍었다. 한순간 김동하의 미간이 좁혀졌다.

　발의 상처에서 통증이 느껴진 것이었다.

"쯧!"

김동하는 자신의 몸에 난 상처는 금방 아문다는 것을 알고 있었지만 지금까지 깜박 잊고 있었던 통증에 살짝 미간이 좁혀진 것이었다. 발의 상처를 증명하듯 다인캐슬 105동의 건물 옆에 적힌 다인캐슬의 로고 그림 아래 김동하의 핏빛 발자국이 선명하게 찍혀 있었다.

멀리서 본다면 보이지 않겠지만 가까이서 본다면 그것이 피로 물들여진 발자국이라는 것을 금방 알 수 있을 것이었다.

다인캐슬의 105동의 벽면을 후려찬 김동하가 허공으로 솟아올랐다. 김동하가 내려선 곳은 다인캐슬 102동과 마주보고 있는 104동이었다. 한서영의 아파트인 다인캐슬 101동과는 사선으로 50m쯤 떨어진 거리였다.

다행히 누군가 옥상으로 올라와 있지는 않았다.

옥상에서 가스폭발로 인해 화재가 난 103동을 보는 것은 쉽지 않은 곳이었기에 옥상으로 올라오진 않았던 것이었다. 멀리 떨어진 104동에서 한서영의 아파트가 있는 101동을 바라보자 101동의 옥상에도 사람의 모습은 보이지 않았다.

김동하가 잠시 이곳에 숨어서 사람들의 이목을 따돌릴 겸 자신의 발을 치료하려다 문득 떠오르는 생각에 치료를 하지 않기로 했다. 김동하는 재빨리 104동의 맞은편 102

동으로 날아가서 다시 101동의 옥상으로 이동했다.

　그동안 단 한 번도 사람의 눈에 띄지 않았다는 것이 김동하에겐 너무나 다행스러운 일이었다.

　101동의 옥상으로 돌아온 김동하는 옥상에서 한서영의 아파트인 21층이 5층의 아래라는 것을 알아냈다.

　사람들이 관심을 가지지 않는 뒤쪽의 베란다로 내려와 한서영의 아파트로 다시 돌아오는 것은 김동하에게 그렇게 힘든 일은 아니었다.

　나갈 때는 거실의 베란다로 통해서 나갔다가 들어올 때는 주방 뒤쪽의 뒤편 베란다로 돌아온 김동하의 모습은 참으로 기괴했다. 머리엔 여전히 붉은색의 한서영의 속옷을 뒤집어 쓴 모습이었다. 속옷사이로 빠져 나온 긴 머리칼이 엄청난 무량기의 힘을 실은 비등연공으로 인해서 완벽하게 말라 출렁이고 있었다.

　얼굴을 가리고 있던 한서영의 속옷을 다시 벗어서 손에 쥔 김동하가 주방쪽의 베란다 문을 열고 들어오자 거실쪽에서 서성이고 있던 포메라니안이 김동하의 기척을 느끼고 빠르게 주방쪽으로 달려왔다.

　주방으로 들어서던 김동하는 바닥에 자신의 피로 발자국이 찍히는 것을 보며 혀를 찼다.

　"쯧! 괜한 짓을 한 것인가?"

　발바닥의 가죽이 화재로 눌어붙은 쿠션재의 열기로 뜯겨

나간 탓에 김동하의 다리는 그야말로 피로 범벅이었다. 하지만 마땅히 바닥을 닦을 만한 것이 보이지는 않았다.

자신의 손에 들린 붉은색의 한서영의 속옷이 보였지만 이렇게 작은 천으로는 얼굴을 가리는 것 외에는 별로 쓸모가 없을 것 같았다. 김동하가 타월을 채워두었던 한서영의 안방 욕실 캐비넷을 떠올렸다가 머리를 흔들었다.

안방에 다시 들어가지 말라고 엄포를 놓던 한서영의 얼굴이 떠올랐기 때문이었다.

난감한 표정으로 서 있던 김동하의 앞으로 체구가 작은 강아지가 달려들었다.

"멍!"

털을 나풀거리며 달려오는 포메라니안의 얼굴에는 김동하를 다시 만나 반가워하는 표정이 역력했다.

김동하가 포메라니안을 안아 들었다.

"날 기다린 것이더냐?"

"멍!"

"허허, 그래도 날 기다려 주는 것은 너밖에 없는 듯하구나."

"멍!"

낮게 짖으며 김동하의 얼굴을 새빨간 혀로 핥아주는 포메라니안이 무척이나 가볍게 느껴졌다.

김동하가 중얼거렸다.

"그러고 보니 너와 나는 어제 먹었던 그 새카만 밥 외에는 아무것도 먹은 것이 없구나. 허참! 내가 배가 고프지 않다고 너까지 그럴 리는 없는 것을… 한서영 낭자에게 부탁하여 너와 내가 허기를 달랠 것을 부탁해 보자꾸나."

"멍!"

포메라니안이 다시 김동하의 얼굴을 핥았다.

"한서영 낭자. 소생 김동하외다. 보는 사람들의 이목이 있어 뒤쪽으로 돌아왔소. 헌데 미안하지만 좀 닦을 것을 내 주지 않겠소?"

거실로 나오며 자신이 다시 돌아왔다는 것을 알리던 김동하의 얼굴이 살짝 굳어졌다. 김동하의 기감에 집안에 한서영이 없다는 것을 느끼며 혀를 찼다.

"조용히 기다리면 그냥 돌아올 터이거늘……."

김동하는 바닥에 깨어진 유리조각과 사금파리들을 보며 이마를 찌푸렸다.

"저것부터 치워야 할 것 같구나."

김동하가 이내 주변을 살피다가 자신이 옷을 꺼내 입었던 쇼핑백을 가져왔다. 그리고 천천히 깨어진 유리를 주워 빈 쇼핑백에 담았다. 잠시 후 김동하의 손에 의해 깨어진 유리는 모두 치워졌다.

이내 거실은 다시 깨끗해졌다.

다만, 거실의 유리를 치우다 보니 김동하의 발에서 흘러내린 피와 발자국이 여기저기 어지럽게 찍혀져 있었다.

"허어… 난감하군 그래."

잠시 곤혹스런 표정을 짓던 김동하가 혀를 찼다.

"잠시 기다렸다 한서영 낭자가 돌아오면 처리하는 것이 옳을 듯하구나."

깨어진 거실의 유리는 한서영이 어떻게 할 것이라고 생각하고 있었기에 자신이 관여할 순 없었다. 김동하에게는 적어도 자신이 이곳에 머물 수 있게 된 것만 해도 한서영에게 엎드려 절을 할 정도로 고마운 일이라는 것을 알고 있었다.

거실을 모두 정리한 김동하가 다시 베란다로 나갔다. 다시 베란다의 난간에 선 김동하가 아래를 내려다보았다.

이미 건너편 아파트의 화재는 완벽하게 진압되어 있는 것으로 보였다. 주변을 둘러보자 여기저기서 사람들이 베란다에 기대어 화재가 난 곳을 바라보고 있었다.

"에구 다 죽었겠다. 안타까워 어쩌누?"

"불이 저리 크게 났는데 살아남는 것은 불가능 하겠지?"

"쯧쯧. 일요일 아침에 이게 웬 날벼락이람."

겉으로 보이는 건너편 아파트의 모습은 그야말로 참혹했다.

* * *

한편, 김동하에게 신발을 주기 위해 아래로 내려간 한서영은 소방차와 119 구급대원으로 인해서 화재가 난 아파트에는 접근조차 할 수가 없었다.

그때 아파트의 안쪽에서 일가족으로 보이는 남녀와 어린 아이들이 119 구급대원들의 부축을 받으며 걸어 나오고 있었다. 모두가 흠뻑 젖은 모습들이었다.

이미 화재는 진압이 되었기에 소방대원들도 장비를 다시 회수하는 움직임이었다. 119 구급대 두 명이 도란도란 이야기를 하며 걸어 나오고 있었다.

"뭔 화재가 이래? 아파트 전체가 날아갈 만큼 큰 폭발이 었는데 정작 죽은 사람은 한명도 없어. 어린애까지 전혀 한 명도 다치지 않았다니 이건 기적이야."

다른 대원이 말을 받았다.

"신이 기적을 내려준 것이라고 할 수밖에 없어."

다른 대원도 머리를 흔들었다.

"그나저나 사고 난 집 아주머니 말이야. 무슨 말인지 이해를 못하겠더라고."

"그 빨간색 여자팬티를 뒤집어 쓴 남자이야기?"

두 명의 대원 이야기를 듣던 한서영의 입에서 기침이 터졌다.

"쿨럭!"

한순간 한서영의 얼굴이 새빨갛게 변했다.

대화를 나누며 걸어 나오던 구급대원이 남자신발을 들고
서 있는 한서영을 힐끗 바라보다가 스쳐갔다.

"아무리 뒤져봐도 방 안에 그 아주머니 가족들 외에 아무
도 없었는데 그 아주머니가 환각을 본 것인가?"

"하긴 다급하고 절박한 상황이라면 헛것을 볼 수도 있겠
지."

"크큭, 근데 그 아주머니 말이 웃기지 않아? 새빨간 여자
팬티를 뒤집어 쓴 사람이 살려줬다니… 크크큭."

"하하 듣고 보니 웃기는군."

두 명의 구급대원이 나누는 이야기를 들으면서 한서영이
몸을 돌렸다. 화재가 난 방 안에서 김동하를 발견하지 못
했다는 말에 어쩌면 김동하가 그 전에 빠져나갔다고 생각
했다. 한서영의 눈이 살짝 찌푸려졌다.

그녀가 고개를 들어 자신의 집이 있는 방향을 올려다보
았다. 한순간 한서영의 눈이 커졌다. 자신의 아파트 베란
다에서 김동하가 내려다보고 있는 것이 눈에 들어왔다.

"언제 돌아온 거지?"

한서영은 빠르게 다시 자신의 아파트로 걸음을 재촉했
다. 다행히 1층에 엘리베이터가 내려와 있기에 아까처럼

오래 기다리진 않아도 되었다. 이내 한서영은 김동하가 먼저 돌아온 아파트로 다시 돌아왔다.

철커덕.

문을 열고 들어서는 한서영의 얼굴은 살짝 상기가 되어 있었다. 그때였다. 막 아파트의 중문을 연 한서영의 얼굴이 딱딱하게 굳어졌다.

아파트의 거실이 온통 핏자국이었다.

"이게 뭐예요? 다친 거예요?"

한서영은 자신의 아파트 거실 곳곳이 핏자국이 선명한 발자국으로 채워져 있는 것을 보며 물었다.

김동하가 빙긋 웃었다.

"스스로 치료를 할 수도 있었는데 한서영 낭자에게 보여줄 것이 있어서 잠시 참고 있었던 겁니다."

한서영의 굳은 얼굴로 물었다.

"저에게 뭘 보여준다는 것이에요? 그보다 어딜 다친 거예요? 치료를 해야 할 텐데 병원엔 가지 않아도 될 것 같은가요?"

거실이 온통 피의 범벅으로 보일 정도로 핏자국은 선명했다. 김동하가 한서영을 바라보며 입을 열었다.

"이쪽으로 와 보세요."

김동하가 거실의 소파에 앉으면서 입을 열었다.

한서영은 손에 들고 있던 김동하의 신발을 아파트의 입

구에 내려놓고 재빨리 다가섰다.

김동하의 다리가 온통 피로 젖어 있었다.

한서영의 얼굴이 굳어졌다.

"이, 이건 병원에 가야 하잖아요? 집엔 드레싱 할 것도 없는데……."

김동하의 발바닥은 살점까지 떨어져 나갔을 정도로 처참한 모습이었고 끊임없이 피가 흘러나오고 있는 모습이었다. 비록 자신이 내과의사라고 하지만, 이런 상처를 보면 저절로 몸이 움츠려 들만큼 통각을 느낀다.

김동하가 한서영을 바라보며 입을 열었다.

"그 집 사람들 모두 살았지요?"

한서영이 이마를 찌푸리며 대답했다.

"물론이에요. 그보다 우선 상처를 치료해야 해요. 이 상태로는 움직이거나 걸을 수도 없었을 텐데……."

김동하는 자신의 발에 생긴 상처를 보며 안쓰러워하는 한서영에게 고마웠다. 김동하가 입을 열었다.

"이 정도의 상처는 금방 나을 겁니다. 그보다는 한서영 낭자에게 보여 주고 싶은 것이 있어서 치료를 하지 않았던 겁니다."

"보여주는 것은 나중에 해도 돼요. 우선 상처를 치료 하는 게 먼저에요."

한서영이 말하며 김동하의 다리 쪽으로 시선을 옮겼다.

김동하의 발바닥 상처는 한서영의 눈에는 참으로 처참하게 보였다. 발바닥의 살점이 떨어지고 다른 곳은 허옇게 뼈가 보일 정도로 살점이 날아갔다.

  한서영은 자신의 집에 예비용으로라도 드레싱키트를 가져다 놓지 않았던 것을 후회했다. 지금 당장 김동하의 발을 소독하고 치료를 하지 않으면 한동안 움직이지도 못할 정도로 큰 상처였다.

  한서영이 김동하를 올려다보며 이마를 찌푸렸다.

  "어떻게 이런 발로 돌아올 수 있었어요? 잘 걷지도 못했을 텐데… 하늘을 날만큼 특별한 능력이 있다는 것은 알지만 이렇게 다치면 그런 능력이 무슨 소용이 있어요?"

  말을 하던 한서영이 이마를 찌푸리며 몸을 일으켰다.

  "일단 타월을 가져올 테니 상처를 싸매고 병원으로 가요. 제가 우리 병원의 구급차를 호출할게요."

  한서영이 안절부절못하는 것을 보며 김동하가 빙그레 웃다가 입을 열었다.

  "한서영 낭자에게 보여주려고 한 것은 이겁니다. 잘 보세요."

  말을 마친 김동하가 자신의 발쪽으로 입을 살짝 가져갔다.

  "후우~"

  김동하의 입에서 부드러운 입김이 흘러나왔다.

순간 김동하의 입김 속에 예의 그 푸르고 신비로운 기운
이 담긴 안개와 같은 것이 천천히 흘러나와 김동하의 발
속으로 스며들었다.

스스스스스스.

김동하의 입김 속에 담긴 푸른 기운이 김동하의 발에 스
미는 순간, 그의 발이 변하기 시작했다. 상처가 났던 곳에
새살이 돋았고 뼈가 보일 정도로 깊었던 상처에 살이 차올
라서 한순간에 그 모든 상처가 사라지기 시작했다. 한서영
의 입이 쩍 벌어졌다.

"이, 이건……."

자신의 눈으로 보아도 믿기지 않는 광경이었다.

아무리 좋은 약과 출중한 의술로 치료를 한다고 해도 지
금의 상황처럼 빠르게 상처를 회복하게 만들 수는 없었다.
그야말로 온몸에 소름이 돋을 정도로 엄청난 회복력이었
다. 김동하는 한순간에 피로 범벅이 되었던 자신의 두 발
을 모두 치료했다.

한서영에게 아무리 설명을 해도 믿지 않는다면 직접 그
녀의 눈에 보여줄 수밖에 없다고 생각한 김동하였다.

그리고 때마침 자신의 발에 상처가 난 것을 한서영에게
보여준 것이었다. 한서영이 하얗게 질린 얼굴로 김동하의
발과 김동하의 얼굴을 번갈아 바라보았다.

"이, 이게 뭔가요?"

김동하가 웃으면서 입을 열었다.

"낭자께서 소생에게 천명의 권능이 있다는 것을 믿지 않기에 직접 보여줄 생각이었습니다."

"이게 천명의 능력이라고요?"

끄덕—

김동하가 머리를 끄덕이며 입을 열었다.

"소생이 저곳에 도착했을 때 이미 저곳에 살고 있던 부인과 남편 그리고 두 부부의 어린 아이들은 명이 끊어져 있었습니다."

한서영이 눈을 껌벅였다.

"숨이 끊어졌다고요?"

"예! 제일 먼저 부인을 발견했는데 온몸이 불에 타서 참으로 참혹한 모습이었지요. 다행히 시신의 신체가 훼손되지 않고 그대로 붙어 있었던 탓에 온전히 명을 돌려놓을 수 있었습니다. 이후 부인이 정신을 차리자 남편과 아이를 살려내었지요. 다행히 서둘러 천명을 돌려준 탓에 사람들의 이목에 띄지 않고 잘 빠져 나올 수 있었습니다. 다리의 상처는 그때 집안에 뜨거운 화기가 가득하여 어쩔 수 없이 다친 것입니다."

"……."

한서영은 김동하의 말이 사실이라는 것을 알았지만 믿기지 않았다.

한서영이 김동하를 바라보며 더듬거리며 물었다.

"저, 정말 죽은 사람을 살릴 수 있단 말인가요?"

김동하가 머리를 끄덕였다.

"천명은 신의 권능입니다. 하늘의 안배인지 그 신의 권능이 소생에게 대신 주어진 모양입니다."

"세상에……."

한서영은 김동하의 말을 들으면서 자신이 꿈을 꾸는 것이 아닌지 살짝 자신의 허벅지를 꼬집었다. 따끔했다.

꿈은 아니고 지금의 상황도 현실이라는 것을 느꼈다.

한서영이 잠시 눈을 깜박이다가 다시 물었다.

"죽은 지 오래된 사람도 살릴 수 있는 것인가요?"

김동하가 대답했다.

"오래된 시신에 다시 천명을 돌려준 기억은 없습니다. 할 기회도 없었고 소생의 천능을 함부로 사용하지도 않았기 때문이었습니다. 단지 낭자를 처음 만나 헤어진 이후 인왕산에서 만난 작은 꼬마아가씨의 강아지가 죽은 지 4일 되었을 때 천명을 불어넣어 다시 살게 한 적은 있습니다. 낭자도 알다시피 저에게 돈을 준 분의 딸이 키우던 강아지였지요."

김동하의 말을 귀로 들으면서 한서영의 눈이 김동하를 빤히 바라보았다. 한서영은 자신의 눈앞에 서 있는 김동하가 먼 과거에서 자신을 만나기 위해서 찾아온, 너무나 소

중한 인연으로 연결된 사람이라는 생각이 들었다.

　한서영이 입을 열었다.

　"당신의 모든 것을 모두 말해주시겠어요?"

　김동하가 머리를 끄덕였다.

　"물론이오. 근데 잠시 소피를 보러 나갔다 올 터이니 기다려 주시겠소?"

　한서영이 물었다.

　"소피라고요?"

　"그렇소. 여기 집은 생활하기에 편리하고 좋으나 측간이 없으니 외부에서 해결해야 하지 않겠소? 길지 않을 터이니 기다려 주시구려."

　한서영이 욕실을 손으로 가리켰다.

　"저기서 볼일을 보시면 될 것인데요?"

　김동하가 이마를 찌푸렸다.

　"저기는 목간이 아니오?"

　"이리 오세요."

　한서영은 김동하를 데리고 거실의 욕실로 들어가 김동하가 항아리라고 생각했던 변기의 뚜껑을 들어올렸다.

　"큰일을 보든 작은 일을 보든 여기에 앉아서 해결하세요. 볼일을 보시면 꼭 이것을 내리시구요."

　딸칵—

　콰르르르르르.

한서영이 레버를 내리자 한순간에 물이 빠져 나갔다.

김동하의 얼굴이 굳어졌다.

한서영은 모르는 척 입을 열었다.

"그리고 큰일을 보시면 여기 휴지가 있으니 이것으로 마무리를 잘하시고 그대로 안에 넣어서 물과 함께 내리면 될 거예요. 참! 여기 이건 칫솔과 치약인데 칫솔이란 이를 닦는 거예요. 새 것이니 김동하 도령님께서 쓰시면 될 거예요. 사용은 이렇게 하는 거예요. 치약을 여기에 살짝 짜서 이를 닦아요. 이렇게……."

한서영이 칫솔을 들어 입을 벌리고 양치를 하는 시늉을 해 보였다. 김동하가 멍한 얼굴로 한서영의 얼굴과 변기를 번갈아 바라보았다.

한서영은 모르는 척 딴청을 피우며 한쪽에 마련된 세면기의 위쪽에 있는 컵을 들어 올려 물을 받고 이를 헹궈내는 것까지 모두 설명하고 있었다.

한순간 김동하의 얼굴이 벌겋게 달아오르고 있었다.

그제야 자신이 한서영의 안방 욕실에서 처음으로 발견한 항아리가 무엇을 하는 것인지 알게 되었다.

한서영이 몸을 돌렸다.

"그럼 볼일을 보고 나오세요. 그리고 볼일은 큰 것이든 작은 것이든 앉아서 하시는 것 잊지 마시고요. 또 앞으로 이곳은 김동하 도령님께서 사용하시는 것이니 적어도 청

소는 도령님께서 직접 하셔야 할 거예요. 타월은 안방과 같이 여기 욕실 캐비넷에 들어 있어요."

모든 설명을 마치고 한서영이 돌아섰다.

그녀의 입가에는 득의의 웃음이 떠올라 있었다.

속옷으로 인해 창피를 당한 것에 대한 복수를 한 것 같았다. 한서영은 기분이 날아갈 듯 유쾌해졌다.

김동하는 한동안 그 자리에서 서서 한서영의 뒷모습과 변기를 번갈아 바라보고 있었다.

그의 얼굴이 시뻘겋게 달아오르고 있었다.

〈다음 권에 계속〉

어울림 BOOKS 신인 작가 대모집!

어울림 출판사는 무한한 상상력과 뜨거운 열정을 가진 작가 여러분을 기다리고 있습니다.

창작에 대한 열의가 위대한 작품으로 꽃피울 수 있도록 저희 어울림 출판사가 여러분의 힘이 돼 드리겠습니다.

지금 도전하십시오!

모집 분야 : 판타지, 역사, 무협, 로맨스 등

모집 대상 : 아마추어, 인터넷 작가등 열정을 가진 모든 작가

모집 기한 : 수시 모집

작품 접수 방법 : 당사 네이버 카페 또는 이메일을 이용해 주십시오.

파일 형식은 제한이 없으나 원활한 원고 검토를 위해 '.HWP' 형식으로 보내주시고, 파일에 연락처도 함께 기재해주시면 됩니다.

채택된 작품은 정식 계약을 통해 출판물로 간행됩니다.
간행된 출판물은 당사의 유통망을 이용하여 전국 서점으로 배포됩니다.
※ 문의 사항은 **네이버 카페**(http://cafe.naver.com/oulim0120)를 이용하시기 바랍니다.

경기도 고양시 일산동구 장항동 43-55 성우사카르타워 801호
어울림 출판사 신인 작가 담당자 앞
전화 031) 919-0122 / **E-mail** 5ullim@daum.net